U1010946

天花乱坠

郑小驴 著

中篇

天津出版传媒集团
百花文艺出版社

图书在版编目（CIP）数据

天花乱坠 / 郑小驴著. -- 天津：百花文艺出版社,
2021.9
（百花中篇小说丛书）
ISBN 978-7-5306-8126-8

Ⅰ. ①天… Ⅱ. ①郑… Ⅲ. ①中篇小说-中国-当代
Ⅳ. ①I247.5

中国版本图书馆 CIP 数据核字(2021)第 128843 号

天花乱坠
TIANHUALUANZHUI
郑小驴 著

出 版 人: 薛印胜　**选题策划:** 汪惠仁
编辑统筹: 徐福伟　**责任编辑:** 齐红霞
装帧设计: 任　彦　**特约编辑:** 孔吕磊
出版发行: 百花文艺出版社
地址: 天津市和平区西康路 35 号　**邮编:** 300051
电话传真: +86-22-23332651（发行部）
+86-22-23332656（总编室）
+86-22-23332478（邮购部）
网址: http://www.baihuawenyi.com
印刷: 山东临沂新华印刷物流集团有限责任公司
开本: 700×980 毫米　1/32
字数: 53 千字
印张: 4.875
版次: 2021 年 9 月第 1 版
印次: 2021 年 9 月第 1 次印刷
定价: 32.00元

如有印装质量问题,请与山东临沂新华印刷物流集团有限责任公司联系调换
地址:山东省临沂市高新技术产业开发区新华路 1 号
电话:(0539)2925659　邮编:276017

版权所有　侵权必究

郑小驴 / 作者

本名郑朋，1986年生于湖南隆回，中国人民大学首届创造性写作硕士。著有小说集《1921年的童谣》《少儿不宜》《蚁王》《消失的女儿》等多部，长篇小说《西洲曲》《去洞庭》。曾获《上海文学》佳作奖、湖南青年文学奖、紫金·《人民文学》之星短篇小说奖、南海文艺奖等多种奖项，被评为南京市百名优秀文化艺术人才。有作品被翻译成英、日、捷克语。

二叔

整个上午我都耗在了榆钱树下。几只蚂蚁正在抬蚂蚱的尸体。蚂蚱像巨大的特洛伊木马，蚂蚁们使了吃奶的劲儿也奈何不得，哥儿几个碰了碰头，决定去搬援兵。我捏死其中两只留下来看守的，等着浩浩荡荡的部队赶来集体赴死。

一只大蜘蛛正挂在榆钱树的枝叶上，忙着吐丝织网。明媚的阳光穿透叶隙，嫩黄的叶芽儿像一双双婴儿的小手，在微风中向我招手。大蜘蛛撅着屁股忙乎了一个上午，终于布下天罗地网，大功告成，躲在角落里，准备守株待兔了。

二叔站在水井那边，用水泵抽水灌树苗。轰轰轰的柴油机响彻田野，四周都热闹了起来。我望了望远处，阳光灿烂，微风轻拂，曲鼠草、看麦娘、一年蓬和落单的野油菜花都在朝我摇头摆尾地笑。要是没有这场罕见的大干旱，这样的好光阴，换高级的话说，正是播种的好时节啊。高级嘴里蹦不出几句好话来，他说的“播种”就是那个意思。那个意思水车人哪个不晓得呀。大家都羞于说出口，但这天杀的就爱这样说。听说孝敏婆娘在广东卖×，他不跟着大家也说卖×，强调那是“性工作者”。大家齐笑，这个狗日的，说话就是高级。

一九九九年的春末是那么干旱，几个月没有落雨了。土地龟裂出手指宽的缝隙，光着脚丫踩下去，像踩在刀片上，水田比水泥地还硬。快能点着火的树苗奄奄一息，在旱田里彻夜哀鸣。我能听见它们的呻吟，水壶，快给我点水喝啊，快给点水……那滋滋的火苗沿着根茎往上蹿，似要吞噬万物，烤焦这地球。

整个水车人都在诅咒老天，然后又流着泪盼雨。老天爷，求求你下点雨啊，不然就要颗粒无收了。清江干涸了，堰塘见底了，最后所有人的目光聚焦到了那口井上。

起先干旱的时候，井水也不曾枯竭，大家纷纷用水泵往自家地里灌水。井水一寸寸地往下跌，地底下仿佛有一张巨大的嘴。高级说，再这么抽下去，人和牲口喝的水都没了。谁再敢偷抽井里的水，谁家就死光光。对，对，都死光光，大家都附和着说。

还是有人在偷抽。山猴子家的抽了，孝敏家的抽了，二告家的也在抽。

井里的水已经混浊不堪，成了黄泥巴水。

"再这么抽，井可就真没水了。"我说。

"你这只冬瓜猪，懂个屁，你不抽别家的就抽走了！"

我只好表示同意，慢步朝前方坡上的榆钱树荫走去。

浩浩荡荡的蚂蚁军团正朝那匹巨大的特洛伊木马赶来。它们一定在欢呼雀跃，个个兴奋得屁颠屁颠的，这个战利品够它们吃上一大段时间了。这么想的时候，我感到尿意腾起。我将裤子褪到膝盖，一下想起细妹。水灵灵的细妹花朵似的一直在眼前晃。想到细妹，那家伙顿时满身怒气，昂首挺胸，就是不肯尿出来，叫我好生难堪。我眼睁睁地看着黑压压的蚂蚁将战利品里三层外三层包围了起来。真应了人多力量大这句话，这么大的一团儿，还真给它们撬动了。

我努力不去想细妹。我将脑海中那一幕幕有关细妹的记忆抹去。我看到细妹扭着屁股在朝我笑。穿着衣服的，没穿衣服的，都在笑。

“冬瓜，冬瓜，想那事啦？”

我满脸绯红。

蚂蚁们拖着蚂蚱走了有半米远了。我的脑袋突然轰的一声，蘑菇云又爆炸了，世界瞬间消失。我抽搐了几下，细妹渐渐从眼前消失。我看见跃出云团的红日刺穿榆钱树的叶缝，子弹一样射了过来。我对观察那些蚂蚁已经索然无味。刚才那怒气冲冲的玩意儿此刻低眉顺眼的，没了脾气，尿意倒是很快腾上来了。撒尿的时候，我感觉到发软的膝盖在微微颤抖，那种感觉让我有些害怕。

田野不知什么时候静寂了下来，一点声响都没了。杜鹃不叫了，蝴蝶不飞了，水泵也不响了，四周静得发慌，我看了眼二叔，突然没了人影。我大喊一声："二叔！"没人应。四周无人，那个戴斗笠的背影凭空消失了。我小跑着去井边，水泵嗝屁了，嫩绿色的塑料管干瘪，一点水也没有。我趴在井口，一眼就看见二叔一头栽倒在三米多深的井里，满脸的血。我又喊了一声，嗡嗡的回音震得耳朵酥麻。二叔疲倦地望着我，眼皮一眨一眨的。

我头回觉得自己很高大，很威武，这种感觉真好。

后来二叔就睡着了。当时的情况就是这样。

关于二叔的死，各种说法都有：电死的、掉井里摔死的，甚至被鬼缠上死的……我知道二叔是怎样死的，但是我不说，那是我的秘密。

二叔是水车的杀猪匠。水车所有的猪都恨他恨得牙痒痒。他一到猪圈前，猪群就嘟嘟囔囔的，纷纷往猪圈角落里挤，眼睛齐冒光，鼻子哼着气，看阎王爷似的看着二叔。

他们说二叔身上有股杀气。他上过战场，残了一条腿。他说他还杀过人，还不止一人，有勋章为证。听说他因伤退伍回来那几年可风光了，水车、枫树、洪庄都轮番着请他去做英雄事迹报告，管酒管肉，临了还送上一包带过滤嘴的长沙牌香烟。给他做媒的踏破门槛，一个排的姑娘，他偏就看上了洪庄那边的小裁缝。听说那小裁缝长得颇有几分姿色，是洪庄版的大明星。他们这样对二叔说："嘿嘿嘿，你小子眼光满准嘛，你瞧那胸前两团肉，一颤一抖的，比扯旗寨山还尖尖！"二叔眯着眼嘿嘿笑。他们也嘿嘿笑。

谁都瞧得出他们话里有话，偏二叔没听出来，没多久二叔就和小裁缝成了家。那段时间二叔整天拖着一条瘸腿在水车晃来晃去，影子一样，每家每户都门儿清，像进自家一样。狗见了他都不叫，围着他的裤脚绕圈儿，尾巴摇得比电风扇还快。他们问二叔："怎么样？"二叔依旧只嘿嘿笑。

成家没几天，两人就不停地吵架。

有天小裁缝坐在门口哭，骂二叔是个大骗子、废物。二叔起先还几句嘴，骂小裁缝骗子、贱货、偷人精。这还得了，小裁缝伶牙俐齿的，惹急了，句句都是刀子，每句话消灭一个敌人。二叔很快招架不住，脸色由红转白变紫，最后一脸猪肝色，讪讪地笑。后来的事，大家都晓得了，二叔因伤退伍，原来是战争不仅要了他一条腿，把他那条腿也要了。我起先不知道那条腿是啥。他们起哄说："冬瓜，问你二叔去吧！"我去问二叔，二叔给了我好大一巴掌，打得我原地转了一圈。

"痛不？"

"痛……"我捂着脸。

"还问不？"

"不问了。"我说。

没多久，小裁缝和二叔离了婚，还把二叔从部队积攒回来的那点家底都给掏空了。离了婚的二叔和没离婚前，没看出啥区别，依旧笑呵呵的。他像个夜游神，在村里东游西荡着，每条狗都和他亲热如故，尾巴都快摇断了。

后来村里选妇女主任，谁也不愿当妇女主任，嫌得罪人，大家推来推去，一致认为二叔是最合适的人选。二叔起先推辞："哪有妇女主任由男人来当的嘛。"他们反而更起劲了说："哪条规定男人就不许当妇女主任了？"见二叔有些语塞，大家七嘴八舌地说："哎呀，水车再也找不出比你适合的啦，这事就这么定了。"二叔见推辞不过，索性嘿嘿笑，也不说话，算是半推半就了。

二叔于是成了我们水车有史以来第一个男妇女主任。

我从小跟着二叔。二叔杀猪，我和他学。我是矮冬瓜，但是力气大，二叔说别看我又傻又瘸，但拽猪尾巴是把好手。二叔说，打蛇要打七寸，杀猪同样道理，朝猪脖子一刀下去，转个窟窿，猪就必须得死！一刀下去，猪还没死，主人家脸上就挂不住了。水车人说杀猪一刀，满堂红；杀猪两刀，主人痛。

他们请来了疯和尚。疯和尚是水车的法师。疯和尚写得一手好小楷，又天生的一副好嗓子，唱夜歌三天三夜都没有问题，很讨大家喜欢。

二叔的死让水车沸腾了起来。像一阵风，在水车打了无数道弯儿，每个人都在谈论他的死讯。

“好端端的，突然就没了。”

“死得也太蹊跷了。”

“听说娶的那个小裁缝是个破鞋。和很多人困过觉的。”

“他早点死就好了，我那娃也该摸得到锄头把儿了！”

“报应了吧，没后代给他送终哩！”

我才发现二叔在水车如此声名狼藉。他生前可没人敢这样说，每次见到二叔，她们都是眉开眼笑。我走近的时候，她们脸上开始有些不自然起来，骂道：“瘸崽子，你爹死了，也不哭声哩！”

水车死了人，叫白喜事，吃死人饭叫作吃毛肉。

“死人啦，有毛肉吃啦！”大家奔走相告，都赶往我家帮忙。我头回见到这么多人聚集在院子里，黑压压的，比那天榆钱树下的蚂蚁群还多。我躲在阁楼，偷偷俯瞰着人群。一整天了，他们都在议论着二叔的死。下午的时候，镇上的刘警察也来了，后面跟着张干事，每人手里拎着一只人造革提包，屁股刚落凳，茶就端上来了。“刘干警好。”“张干事辛苦了。”他们纷纷抢先打招呼。

“他还有亲人吗？”刘警察点上烟说。大家这才发现我不见了。光头白眼尖，一眼瞟向阁楼，我想躲起来也来不及了。光头白轰隆隆上了楼，揪着我耳朵咚咚咚拽我下来。

刘警察蹲在台阶上，鼻孔冒出两道烟。烟屁股伸手一弹，顿时弹出丈八远。烟屁股被母鸡一口啄了，烫得咯咯叫。我哈哈笑了起来。

“别笑！”光头白拍了我一下说，“刘警官问你话呢！”

“你看到你二叔怎么死的吗？”刘警察像鹰盯着我。那目光让我不由自主地紧张。我摸了摸脑袋，说我不晓得。这么说的时候，我躲开了他的两道刺眼的光。“看着我！”他不知什么时候站了起来，那两道逼人的光顿时变成了俯瞰。

就像那天我站在井边望着二叔一样。我一下害怕起来，哆嗦着说：“我啥也不晓得……”

张干事说：“别慌，别慌，你慢慢说……看到什么说什么。”

“我啥也没看到。”

“那你二叔怎么死的？”

“摔死的。”

“你看到啦？”

“我啥也没看到。天上的卫星看到了。”

“啥？”

“卫星。”我指了指天。

刘警察有些生气了。

“和这个傻子耗什么！”

“你多大了？”

我准备认真想一想，二先生替我回答了：“十一。”二先生不知什么时候来的。他和刘警官、张干事老熟人似的握了握手，还相互拍了拍肩膀。

二先生一来，刘警官立刻拉起张干事，找二先生聊去了。再没人对我有兴趣。天黑透，他们骑上三轮摩托赶回镇上。

光头白说：“你爹死了也不哭一声？养你这个白眼狼，算是白养啦！”

他找来一身孝服，非让我套上。我有些惧怕他，乖乖从了。我是唯一一个披麻戴孝的，来了人，我就得跪拜。花妹也来了。花妹和我同年，花妹没她爸光头白凶，平时喜欢和我一块儿耍，远远地望着我笑。我瞪了她一眼，刚想吓唬吓唬她，想起刘警官的眼神，就不敢再做小动作。所有人板着脸，听疯和尚念经。院子里锣鼓喧天，鞭炮齐鸣，许久没听见如此阵势的炮仗，吓得鸡猫狗纷纷躲起来了。我闻到越来越窒息的火药味儿，呼吸都带着一股硝烟气。几个女人在给二叔净身，我偷偷瞥了一眼，胯中间空荡荡的。我想起小裁缝骂的废物原来就是这个意思。净过身，再套上从镇上买回的寿衣，几个人把他安放进了“千年屋”。

千年屋漆得油黑发亮，用两条长板凳架在堂屋。二叔静静地躺在里面，作为杀猪匠的一生被盖棺论定了。疯和尚身着长袍，头戴莲花冠，在做法事，嘴里咿咿呀呀地念着谁也听不懂的经。四面墙上挂满了功德图，供桌上香烟袅绕，摆满了各色供品。二叔的棺材还没合上，要等做完一宿的道场，第二天上午上山才封棺。棺材尾点了盏长明灯，灯火摇曳，屋里人声嘈杂，灯光昏暗，人影交错。我仿佛看到二叔那张血肉模糊的脸在屋里的某个角落朝我嘿嘿冷笑，我的脊背发凉，冷汗淋漓。

做完一夜的道场，二叔就出殡了。八个大汉弓腰一起，那具黑亮亮的棺材就落在了肩头。大汉们操着步伐，齐声喊着号子："嘿哟，嘿哟"，往山上抬去。山上的墓穴是头天挖好的，新鲜的黄土，空气还散发着一股土腥味儿。众人小心翼翼地将棺木填下去，抽掉绳子和龙骨，几把铁锹扬起来。纷纷扬扬的土掩盖了二叔，也掩盖了一切。我这才觉得悲伤，坐在松树下哭。光头白将铁锹往脚下一顿，说："快哭，哭声大点，不枉你二叔养你一场！"

一支烟的工夫，一个黄土堆高高坟起。上面还栽上了厚厚一层草皮。整座山头就二叔一座坟，孤零零的。要是二叔还活着，他肯定不答应葬在这儿。

他早就想好了自己百年后的归宿了，就在水车的尖尖山上，那里依山傍水，谁都晓得是块风水宝地。可惜他死得突然，来不及给自己做主就挂了，只能埋在这儿草草了事。烧了纸钱，鸣了鞭炮，上了香，磕了头，将盛满米饭的瓷碗倒扣在坟前，几声铳响，大家渐渐散去，山头又重归冷寂了。

冬瓜

水车的人真可恶，他们都叫我冬瓜。我讨厌冬瓜，但他们都这样叫我，包括二告、花妹、长顺爷爷、忠书奶奶。叫久后，我也习惯了。他们说我不是水车人，我说那我是哪里人。他们闪烁其词，扭头向旁人说："你别看冬瓜，人家父母在县城，吃国家粮的！"原来大家都晓得我父母是吃国家粮的，我最后一个知道，我心里有些骄傲。

"冬瓜，你父母咋这么狠心不要你了呢？"

听到这话我就跑。背后声音比我步子快得多。"你这小瘸子，跑得还蛮快呢！"他们一把抓住我，我像一个沙袋被迅速放倒在地。

我从没见过父母，听说他们在学校当老师。我上头还有一个姐姐。他们说我脑袋出了问题，就不要我了。

“他们将你放在大榆钱树下的篮子里，大冬天的，冻得哇哇叫，我看是个带把儿的，虽然是个瘸子，也要了。可没想到不仅是个瘸子，还是个傻子哩！”有回二叔喝了酒和我讲。

他有事没事爱喝两盅。他一个人喝不过瘾，用筷子蘸了酒，让我吮。喝酒跟喝农药一样，我喝了一小盅，龇牙咧嘴地站起来，打了个趔趄，脸已经红得像火烧云，天在旋，地在转，山在摇，水在晃，连对面扯旗寨都跟着我的步伐左右摇摆起来。我看见老黑狗朝我摇尾巴，汪汪地吠。我像个冬瓜，咕咚一声，栽倒在地，睡了一天一夜才醒。

忠书奶奶可怜我，啧啧感叹，说十来岁的人了，连件像样的衣服都没有，屁股蛋都露出来了。大冬天还光着脚，冻得像两根红萝卜。忠书奶奶有一个让人称羡的儿子，绰号一吨，是个大胖子，在冷江当工人，采锑矿。附近有一个很有名的溶洞叫波月洞，我们虽然都没去过，但谁都晓得《西游记》就在波月洞取的景。我的乖乖，这还了得？每次一吨回来，大家都会把他围得水泄不通，让他讲波月洞和孙悟空的故事。除了这个令她自豪的儿子，忠书奶奶还有一个生得颇标致的媳妇。他们都叫她艾芸，听说在矿上当会计，能打一手好算盘，也爱笑，有两个小酒窝，人见人爱。艾芸没别的毛病，就爱打牌，买码。一沾牌桌，一天一夜可以不下桌。一吨也打牌，但没媳妇瘾大。有回一吨下完工回来，冷火歇灶，一揭锅，连口剩饭都没有，气得把锅都砸了。因为打牌，两口子没少打架。有天我看见忠书奶奶坐在小板凳上偷偷抹眼泪，我说，奶奶，谁欺负你啦？我去给你报仇！忠书奶奶说："都是不争气的呢，天天给我气受。还是冬瓜最疼我。"

忠书奶奶把孙子穿剩的衣服给我，说："冬瓜啊，你看你父母多狠心呀，这么多年，也不过来看看你。"我问忠书奶奶："我爸妈在哪儿呀？"忠书奶奶说："在县城，天天骑自行车上下班呢！"我一下想起春华老师了，春华就天天骑自行车上下班。

说到父母，我顿时难受起来。长这么大，我还没有去过县城。我去过最远的地方，不过距离水车二十里远的湖州。湖州下去就是沙田、乌禾，到了乌禾，离县城就不远了。他们说我父母教语文和数学，和春华一样，站教室里，日头晒不着风刮不着，生得白白净净的，腋下还夹着一个公文包。他们越这么说，我就越难过。在水车，一年都难得见到这样打扮的人。我记得有一天，一个干部模样的中年男子来到水车，火鸡贼眉鼠眼地朝我挤了挤眼，让我快叫爸爸，说他走哪儿，让我就跟着去哪儿，一直跟着他就到县城了。

我望着这个陌生男人，他的门牙镶着一颗金牙，一开口金光闪闪。火鸡捅了捅我的腰窝，说："快叫啊，他会带你去县城，给你买玩具，买好吃好玩的。"我身子往后缩了缩，畏畏缩缩地望了男人一眼，他似乎就等着我开口了。我于是怯怯地叫了声"爸……爸……"话还没有落音，我就看出了陌生男人眼中的疑惑，他笑了起来说："你刚叫我什么？"我还没有反应过来，听见火鸡发出一阵爆笑，笑得他气都要断了。

我成天无事瞎晃荡。从东晃到西，从南逛到北。年龄和我相仿的都上学去了，剩下的都是老掉牙的长顺爷爷、忠书奶奶、二告外婆……他们常在水车的老仓库坪上晒太阳，忆苦思甜。长顺爷爷喜欢关心国家大事，一锅旱烟没抽完，他已经从美国讲到苏联形势……光头白扛着锄头碰巧听见，反驳他："什么时代了？苏联早没啦，都俄罗斯了！"长顺爷爷仿佛记起来了，将旱烟管往石阶上敲了敲，山羊胡子一翘一翘地说:“哦，叶——叶——利钦了啊——”

一九九九年的时候，他们终于转移了话题，热衷讨论起澳门来。澳门成了他们头等关心的重要问题，高级声称去过澳门，大家顿时都来了精神。

“啧啧，说说看，澳门长啥样？”

“到处都是赌场，崭新的百元大钞，一沓一沓的，垒在赌桌上，比人还高。”听的人眼睛都直了，谁也没见过这么多钞票，仿佛那花花绿绿的票子就在眼前，伸手可及。又聊起楼房，问那边热不热闹。

“楼可高了！筷子似的插在地上，高的有一百多层呢！”

“一百多层有多高呢？”

高级就指了指扯旗寨，比它还高呢。我们一起仰着脖子，望着扯旗寨的山顶。啧啧啧，纷纷发出感叹声，艳羡高级见过世面，饱览了祖国大好河山。

年底，去广东打工的伢子都回来了，都说高级骗人，他压根儿就没去过澳门，在对岸的珠海打了个转身而已。

“楼真的比扯旗寨还高吗？”

“嚯嚯，比扯旗寨还高的都有哩！”

扯旗寨是我们见过最高的山了。谁也想不出比扯旗寨还高的楼有多高。

过年的时候，在外面打了一年工的人，背着大包小包，纷纷从韶关、东莞、深圳赶回来。长途卧铺车来到镇上，像吃撑的怪兽，打了个饱嗝，吐出一个个灰头土脸的人来。坐了一天一夜的长途汽车，赶在过年前，终于都回到了熟悉的土地。回到家，欢欢喜喜，热热闹闹，小孩儿们见了亲爹亲娘，怯生生地躲在爷爷奶奶背后，不肯叫。拿出一包糖和玩具，又让换上崭新的衣服、鞋子，小脸乐开了花，拿着玩具去和其他小孩儿比试去了。吃过饭，一起围聚在火塘前，讲外面的花花世界，比谁的肚子大。嘿，我们水车人最得意的事就是吃个大肚子出来。大肚子证明人家伙食好，家庭条件富裕。钱都是虚的，吃到肚里才是实打实，大家都能看得见的。春华是水车第一个大肚子的人。他家每晚都喝一瓶白沙啤酒。腆着大肚子的春华说起话来都要比别个响亮些。

二告、小钢炮、窃牯仔、香茅鸡他们都回来了，三窨也回来了。仿佛刮了一阵旋风，把一个个的，都吹回来了。

沉寂一年的水车一下子又活过来了。到处尘土飞扬，自行车、摩托车、小四轮，喇叭按得一个比一个响亮。见了面，笑嘻嘻，散根烟，发个槟榔，开头必问，去年在哪儿发财呀？挣了多少呀？回答得一个比一个响亮，牛气冲天。水车人都爱面子，挣一千元恨不得说一万元。吹牛皮的感觉蛮好。回来的伢子一个个无事可做骑着摩托车在水车到处乱窜，像一条条发春的狗。提亲、谈对象、备年货、买六合彩、喝酒、打架全集中在这些天。每天不弄点响声弄点动静,好像这个年白过了。

这边管地下六合彩叫买码。听说是香港那边传过来的。突然有一天,地下六合彩就像洪水一样漫过水车、枫树、洪庄,席卷了一切,连忠书奶奶都踮起小脚加入了买六合彩的队伍。

因为六合彩,连疯和尚都成了水车的红人。三娜有回下注前找疯和尚算了一卦,说今晚生肖必定是“老鼠”。三娜按照疯和尚的指示,果然买中了特码。这还得了?!三娜的嘴巴就是水车的喇叭,经三娜一传,谁都晓得疯和尚灵验,下注前都要来找他算一卦,疯和尚家顿时门槛都被踏破了。

水车人大多都买码,不断有人中彩,火鸡一次赢了八百多元,小面额钞票厚厚一沓,往裤兜一塞,小眼睛立马神气起来,看人的眼神都变了。都在传,说洪庄那边有人一夜中了特码，中了一万多元。也不知真假，传到水车，水车人干活儿都没了力气，心里酥酥麻麻的，都想着一万多元，该怎么花，买一台三十二英寸的长虹大彩电、一个卫星接收器、一辆嘉陵摩托车……这辈子就完美了。

只有春华老师不买。他也不许他老婆麻子买。说那是骗人的玩意儿。麻子偏不听，私下里五元十元下注，偶尔中个百十来元，高兴得走路带风，兴冲冲往忠书奶奶家跑，商量下期的特码。

倒立

以前碰到有人骂我野种，我就找二告和小钢炮。我从小就像跟屁虫一样跟着他们跑。夏天他们去堰塘捞鱼、游泳，偷摘荷塘里的莲子，偷看细妹洗澡，我都晓得。细妹比《新白娘子传奇》里的兔子精还美。《新白娘子传奇》热播那阵子，万人空巷，把香茅鸡的疯娘都看哭了。大家都爱白素贞，偏我不爱。我爱出场不久就被打死的兔子精。兔子精死的那个晚上，我躺在被窝里流了很多眼泪。二告他们取笑我说，兔子精是坏女人，坏女人你也爱？我不在乎好人坏人，我爱兔子精。兔子精死了，就好像细妹死了，让我心碎了好几天。细妹是我见过的最漂亮的女孩儿了。春华老师说，细妹是我们水车的“罗敷”。

我不关心罗妇罗夫的，那是书上的。

我只关心细妹。忠书奶奶说：“这世上怎还有这么标致的人哪，要是古代，细妹保准是要进宫的。”我问：“啥是进宫呀？”忠书奶奶说：“就是给皇帝当老婆呗。”我怏怏不乐地说：“细妹才不会给皇帝当老婆呢。”忠书奶奶瞧我那副模样，忍不住笑了起来，笑得小眼睛眯成缝，嵌在肉乎乎的圆脸里都快看不见了。

细妹只念完初中就没读书了。用她娘的话说：“那些鬼崽子每天都趴在窗户外边，等她一下课就扔纸条，细妹子哪还有心思去应付功课？”

细妹自己也说“我不是读书那块料”，拿到毕业证，就迫不及待地跟着堂姐们去广东见世面了。

人漂亮就是资源，就是财富，就是资本，这个我都晓得。我相信即使在广东那花花世界，细妹依然是那个最漂亮的细妹。想想那些土得掉渣的乡巴佬，细妹咋瞧得上他们？据说她收到的情书都会公开念出来，“你就是我心里的星星！”“纵使海枯石烂、天崩地裂，我也会永远爱你到地老天荒！”细妹捏着鼻子大声念道，把这些鬼崽子们臊得满脸通红，一个个像被戳破的气球，以后见着细妹都绕着弯走。

据我所知，二告、小钢炮、火鸡、窃牯仔、香茅鸡都打过细妹的主意，无一不灰溜溜败下阵来。二告对火鸡说：“你也不撒泡尿照照自己。”火鸡对窃牯仔说：“晓得什么叫癞蛤蟆想吃天鹅肉吗？”窃牯仔堵着小钢炮警告：“再让我看到你骚扰细妹，我打掉你的满口牙！”他们围绕着细妹闹出了很多笑话，经常三天两天干上一架，直到细妹搭乘长途卧铺车，一溜烟跑去了广东，这才天下太平。他们又恢复了以前的“有福同享有难同当”，天天兄弟长兄弟短，亲密得像豆荚里的一排豆子。没多久，也都无心学业，纷纷踏上广东的长途卧铺车，找细妹去了。

全水车，我不怕二告和小钢炮，他们打我我也不怕。我只怕火鸡。火鸡真不是个好卵。从小死了娘，他爹山猴子又管不住他，养成了他游手好闲的脾性。喜欢打牌押宝，整天无事生非，连他爹都敢打。

“火鸡真不是个好东西。”水车的人都这么说。

“火鸡真不是好东西。”有回我也学他们的样说。偏不巧，火鸡听见了，可把我给揍惨了。先打左脸，一巴掌下去，我就知道要坏事。还没来得及哭出声，右脸又清脆地响了一声。我委屈极了，大声哭。

“不许哭！”

他凶狠狠地瞪着我，一把褪下我的裤子，握着那条萎缩得像根甘蔗似的腿说：“野种，傻子，残废，也跟着骂我哩！”

他站起来，一下一下地抽我。鼻涕都流到我嘴里去了，伴着鼻血，很咸。长顺爷爷从老仓库那边背着手走了过来。

长顺爷爷说：“嘿，打崽呵？”

火鸡收了手，不打了，瞪了长顺爷爷一眼，阴着脸走了。

我躲在墙根儿哭。那会儿已经不流鼻血了。长顺爷爷在路边扯了把艾草，揉烂团成一团儿，给我的两个鼻孔各塞一个。艾草汁儿有股草药味，我的鼻子顿时就不流血了。我闻到一股泥土的清香，像挨着大地似的，心里一下踏实了。

“坏人会遭报应的。”忠书奶奶说。

“谁来报应呢？”我问。

“老天呀。”

我就抬头望着天。天空湛蓝如洗，只有边上几朵白云，懒散地卧在那儿。我没看见老天。我只见到拖着长尾巴的飞机，还有卫星。他们说天上有卫星，卫星上装了眼睛，能把地面上的万物看得一清二楚。我们一抬头，眼睛就和它们对视上啦！天上有无数颗卫星，也就是说有无数双眼睛，每天都在骨碌碌地转呢！我跑去问二告，二告假装一本正经地说："天上当然有卫星啦，它们天天盯着下面看呢！"

从那天开始，我决定倒立，这样它们就看不清我的脸色了。

我弓着腰，一发力，整个人就倒立起来了。嚯，世界整个全倒过来了！忠书奶奶倒过来了，孝敏倒过来了，孝敏的牛也倒过来了，水车倒过来了，世间万物都倒过来了。第一回我就玩上瘾了。我的瘸腿解放了，高高地闲置着。我学着用手走路，一步一步地往前走着。起先他们很惊奇："冬瓜，你都能玩倒立啦！"我憋着气，慢慢地往前走。他们觉得我可不简单，有心要和我比比，都纷纷败下阵来。我长得像冬瓜，力气都长在了上半身，倒立有先天优势。谁也比不过我。有回他们和我打赌，要是能倒立一炷香的工夫，就赏我一元。一炷香烧完了，我依然屹立不倒。赌输了的气狠狠地说："这瘸子手脚长反了！"

我倒立的本领越来越高，倒立的时间也越来越长，遇到开心的事，我倒立；遇到不开心的事，我也倒立。

他们问："冬瓜，为啥要倒立呢？"

"倒立卫星看不清我。"我说。

他们一脸茫然，骂我傻子。

那会儿和我年龄相仿的都上学了。二叔也带我去学校报到，没几天，我就被赶了出来。二叔去找学校，哪有腿瘸就不能上学的道理？学校说，腿瘸那是小问题，脑子才是大问题。一下说得二叔没话可说了。

二叔说，冬瓜，老师不肯收留你，怨不得我。我点头说是。他们在学堂里上课，我一个人溜进空无一人的礼堂玩儿。礼堂是罗姓祠堂改建的,青砖上还刷着口号:“农业学大寨”“社会主义万岁!”我一个人在里面抽陀螺玩儿，玩腻了就在礼堂练倒立，礼堂墙上那些标语也全倒了过来，怎么看都不对。我倒立着从礼堂东走到西,从南走到北。我等他们下课。铃声响了,他们纷纷从各个教室里拥出来,里面有花妹,有二告,有小钢炮,有香茅鸡,他们冲到我跟前,朝我肚脐上一指,我立马从倒立中恢复正常姿势。地球又正常了。

有一阵子大家受我影响,纷纷玩起倒立来。靠着墙,比谁倒立得久。一、二、三……数到一百的时候,已经没有竞争对手了,他们不可思议地望着我。

没人再和我比赛。他们玩出了别的花样来,身子往后一仰,弓起腰,肚脐眼儿朝天,学动物用四肢走路。有时腰上还骑着一个人,扮成一匹马,驾,驾,驾,使劲抽打。我从来没输过,我的腰腹比他们的还强劲有力，绷紧得像张弓。他们觉得赢我无望，渐渐就没了兴致。他们不玩儿，我一个人玩儿，从操场这头倒着走到那头，手掌触碰着大地，大地给我坚实的勇气，给我鼓足的力量，我越走越快，越走越远，比用腿走还要麻利。当我小心翼翼倒立着迈过学校旁边的独木桥时，我悬着的心一下踏实了。我知道我学会了一门本事。这门本事他们都不具备。我暗下决心，今后要倒立行走，要把整个水车用手摸个遍。

夜里的时候，我躺在小阁楼的单人床上，摩挲着磨出厚厚一层茧子的手掌，听到楼下二叔震耳欲聋的鼾声。伴随着猪圈里蠢蠢欲动的声音，它们在嗡嗡地叫着，屁股挤着屁股。猪可是温顺的动物呀，有的比狗还聪明，你喂它久了它还会和你套近乎。你一提食槽，它就冲你摇小尾巴，眼睛放光，嘴巴乱拱。等它长膘了，屁股圆了，用手狠狠地抽也没事。

有一阵儿我越看它越像细妹的屁股。我叫它细妹，它哼哧哼哧地应着。我就把它唤到跟前，用手重重地抽它，抽得它嗷嗷叫。

春华

春华是水车唯一的人民教师，也是我们水车唯一吃上了国家粮的人。每天清晨七点钟，已经在田里“捉泥巴”的泥腿子们，都会看见一道独特的靓影——身手矫捷的春华骑着他那辆凤凰牌二八大杠自行车飞快掠过水车错综复杂的阡陌，骑去隔壁的枫树小学上课。太阳刚出来，青草上还蓄着晶莹剔透的露珠，春华老师的自行车飞快驶过，锃亮的自行车钢圈沾满了草籽、露珠，连风都带着一股好闻的青草味儿。水车人目送着春华的背影消失在视野，一脸的艳羡，但人家肚里有货，不能平白怨天尤人。水车人教育不爱上学的孩子，都会拿春华做榜样：“要你们上学，你们只会‘捉蛤蟆宰猪’。你们看春华老师，身上哪儿看得到一点泥巴？刮风下雨，都在教室里，太阳晒不着，下雨淋不着，每月还有工资领。”

他们说古时候教师都得叫先生的。但如今只有二先生才是先生了，叫春华就叫老师。春华以前是民办教师，后来民办教师不许教书了，必须去市里参加考试转正。春华回来讲在市里考试的过程：“紧张呢，手抖得连笔都捉不住。能不能吃这碗饭，就看这场考试了。”大家就觉得这考试一定是很难的，竟然让春华都紧张得发抖。没多久，考试成绩出来，春华考上了，有了教师资格证，成了如假包换、货真价实的春华老师，是我们水车学历最高、喝墨水最多的人。长顺爷爷和忠书奶奶都不识字，过期的票据、账单都收着，生怕弄丢，坏了大事。他们对春华老师格外看重，说读书人是开过天眼的。

我在磨杀猪刀，春华瞅见我说：“冬瓜，杀猪好不好玩儿？”我不作声，埋头磨刀。霍霍霍，霍霍霍。“念书才好玩儿呢，不然以后就是睁眼瞎。”我不说话。他的话勾得我痒痒的，我对二叔说：“我还想念书。”二叔摸了摸我的光脑壳，伸出一根指头问：“这是几？”我说一。再伸出两根，我说二。一加二等于几？我说三。三加三呢？我想了想，说六。他说要得，带我去学校找春华。见了春华，春华也学二叔的样，他伸出一根指头，还没等他说话，我就说了一。春华再伸出四根来，四减一等于几呀？我只算加法，没算过减法，一下傻眼了，杵在那儿半天回答不上来。

“他是个蠢蛋，腿脚也不方便，不是读书的料！还是跟你学杀猪吧，好歹是门手艺哩！”二叔就把我领回家，从此再不提读书的事儿。夜里我躺在床上，恨死春华了。他一定故意耍我的。我一根指头一根指头掰，四减一，三呵！我兴奋得差点喊起来。第二天一早，我和二叔说：“三。”二叔眯了眯眼，说：“那五减四等于多少？”我又傻了。从此我也不再提读书的事儿。

春华的婆娘生了张圆脸，偏生还长满麻子，整张脸看上去像秋天的向日葵。春华娶麻子实属无奈，是他奶奶做的媒。麻子的爹那时还在供销社，神气得很。那时的春华自然也没转正，听说当民办教师还是麻子她爹使了力。

麻子爱来和忠书奶奶诉苦，每次来都是哭哭啼啼的。有次我在忠书奶奶家玩儿，她变戏法一般，突然从怀里掏出一只用报纸包好的鸡腿。

“冬瓜，你也命苦呀，你爹娘在县城呢，吃的是国家粮，教书育人，怎么就这么狠心，连自己崽都不要了？多吃点啊，长高点呵！”

忠书奶奶免不了又是一番宽慰：“肚里有知识的，难免会有些花花肠子，想开点啊。”

“你看我哪件事对不住他，他一转正，翅膀都硬了，不把我放眼里不说，整天朝我摆臭架子。在外面看了那些见不得人的录像，回家就要我也学里面那些不要脸的女人……哎哟，真是不要脸的东西，羞死人了……我哪儿做得出来嘛。他还和那不要脸的骚货要好，我亲眼看见那骚货写给他的情书哩！烂货，她男人在怀化做漆匠就在外野上了，真是羞死人了！”

麻子说的人是喜梅。喜梅是水车少数读完高中的人，平时好打扮，在家也要穿花衣裳，弄得利利索索的。前两年时兴染头发，她也跑到县里染了个回来。嘿，回来可洋气了！看人眼神都是柔柔的，水灵灵的，站在一群水车堂客里，顿时鹤立鸡群，毛分两色。

麻子把春华看黄碟的事描述得绘声绘色。和外人讲，甚至还朝娘家人诉苦，说春华嫌她没情趣，像个木头，又没文化。弄得春华窘迫，成了水车的笑话。

“他就喜欢喜梅那样的骚货呢，春雷滚滚，隔着墙都听得清。”麻子把这事一嚷嚷，喜梅就不好做人了。她一气之下跑去了广东，跟人进了服装厂。喜梅一走，春华对麻子更加冷淡，惹毛了，他就给她来顿狠的，叫打牙祭。有回打得麻子几天下不了地，额头鼓了个大包。忠书奶奶提了一篮子鸡蛋去看她，麻子哭哭啼啼的，说春华真下得了手，我命都差点被这短命鬼打没了。他想把我打死了，好去找那骚货呵！说得忠书奶奶连连叹气，说夫妻床头打架床尾和，哪儿有这样的，还读过书的呢，书都读哪去了呵，何苦哉！麻子被春华打怕了，跑娘家一住一个月也不回，春华也不去登门道歉接她回来。那会儿她那爹已经中风瘫痪在床，等着向阎王爷报到，连女婿都快要认不出来了，他要是知道这件事，恐怕气得又要活过来。

红毛

红毛坐在二叔的肉摊旁抽烟。谁刚扔的烟屁股,他当宝贝似的捡了,一直抽到烫着嘴巴。有时他们开心,就散支烟给他。

“哎,红毛,讲个白话嘛!”

红毛谄媚地笑了笑,将烟搭在耳朵上说:“再给支就讲!”

“咦,还会讨价还价了?”

我们都说红毛是外国鬼子,白皮肤,蓝眼睛,一头火红的头发,一年四季穿着那身破了几个洞脏得浑身发臭的迷彩服。谁也不知道他从哪儿冒出来的,他没有亲人,没有家室,也没人猜得到他多大岁数了。二十多年前的某个夜里,他像一颗飘来的种子，落在水车，就在这儿落地生根，再也不肯走了。他要真能讲几句洋鬼子话，我们这儿可就要上新闻了。说不定比二先生还要有名呢！红毛只讲水车的方言。我们这十里不同音，出了水车，红毛的话就没人听得懂了。红毛很会讲白话，肚子里鬼名堂一担，里面不知装了多少污言秽语、多少笑掉大牙的白话。

水车人管故事就叫白话。红毛说，你看如今这个时代，青壮年男人都跑外头打工去了，女人们一个个独守长夜，晓得怎么守过来的吗？大家的目光流星乱撞在一起，都摇了摇头，目光都带着探寻，嗬，你讲讲嘛。红毛看了大家一眼，目光都很期待，他很满意，便讲起来。“如今男人都出去打工了，一年难得回家一趟，长夜漫漫，哪个晓得家里的妇人怎样打发漫漫长夜的？”大家面面相觑，都问怎么打发的。红毛噗地笑了，说：“看看你家的擂钵锤那玩意儿长得像啥？”哄堂大笑，妇人纷纷骂：“红毛你这个不害臊的！”羞得满脸粉红，骂红毛不要脸，天打雷劈的。男人们笑嘻嘻的，叫嚷着让他继续讲下去。

红毛从没结过婚，但这样的荤段子，红毛三天三夜讲不完。讲到兴起处，很多男人开始骚动不安，找个借口溜回家去了。回去干吗呢，回去找老婆“犁田”。水车说犁田就是那个意思。第二天早晨起床便有人打趣，昨晚犁了几次田呀？田没旱到吧？要不要今晚我来帮把手，替你家犁一下？

他还会讲长毛佬的故事。长毛佬武功了得，丈把高的墙，晃一晃就过去了，像鸟一样敏捷。长毛佬姓马，叫马什么不晓得。他要造反，说要杀鞑靼，闹得蛮凶，杀了好些人——这可是大逆不道的罪行呀，于是好多兵牯子来捉拿他，那些当兵的都是凡夫俗子，怎奈何得了他呢？他们一来他早就飞走了，比麻雀还快。那些兵牯子费了好大的劲也抓不住他，于是便求咱孙姓的族长，设了一条很歹毒的计。那个族长号称小吴用，鬼主意一担。有一天，他请长毛佬去他家喝酒，好酒好菜招待，讲了很多奉承话，给长毛佬灌了很多的酒，但是长毛佬酒量很好，他们都纷纷败下阵来了。于是咱孙姓的族长便悄悄走到屋外的窗前，你晓得的，古时的窗子都是木格子做的。红毛正好是坐在靠窗的位置，族长便悄悄把长毛佬背后的辫子从木格子拉出来，死劲扯住。他们也真够狠呀，牵一发而动全身，长毛佬纵有万般本事也无法动弹了。于是他们便把长毛佬绑住见了官，砍了头。

大家颇有些失望，唉声叹气。红毛咳嗽一声，长毛佬可不是一般的人呀。夜里那头滑溜溜地跑到尸身上去了。接上了头，长毛佬眼珠子骨碌碌一转，又活了！大家大气不敢出，听到此处，汗毛都竖起来了。可惜还很虚弱，跑不动，又被砍了。又是一片长吁短叹，妈的，怎么又被砍了？那些人担心长毛佬又复活，专门派人夜里守着尸身，将长毛佬的脑袋挖坑埋掉了。守到半夜，兵牯子都困了，打起盹儿来，长毛佬的脑袋就从土里偷偷拱了出来，睁着两只黑亮亮的眼，四处找它的尸身。兵牯子们吓得屁滚尿流，恨娘只生了两条腿。第二天一早，大家壮了胆再来看时，发现长毛佬已经不见了。

“后来呢？”

“后来鞑靼就被赶走啦！”

红毛晚上睡在老仓库里，里面老鼠成堆，只只肥硕得像猫，大白天也不怕人。仓库逐年在倾斜，用几根杉木勉力撑着，屋上的瓦片遇到刮风下雨就往下掉。红毛不嫌弃，大冬天裹了床脏兮兮的毛毯就过了，夏天则赤条条躺在木板上，挺得像具尸体。他白天睡觉，晚上游荡于水车的各个角落。遇上谁家办红白喜事，准不会落场，赚碗东坡肉吃。捧着大碗，坐在石阶上，吧唧吧唧，吃得嘴角冒油，两眼放光。

水车针屁股大点事都瞒不过这双蓝眼睛。他晓得谁家梁上还剩几只板鸭、谁家的母狗一窝下了几只狗崽儿、谁家的媳妇和谁偷偷好上了、谁的屁股上长着胎记……大家有些忌惮他。他们说红毛的眼睛是狗眼睛。狗眼晚上能看清鬼魂，什么事都瞒不过它的眼睛。红毛就嘿嘿笑。

“你知道瘸子怎么死的吗？”有一天他们朝他问道。

红毛正在晒太阳，忙不迭爬起来，摆摆手说：“莫害我，莫害我。警察都不晓得，我咋晓得？”

他们流露出失望的神色，红毛翻了个身又呼呼睡了。

二先生

全水车，只有两个从不下田的人，一个是春华，一个是二先生。二先生上过高中，当过兵，细皮嫩肉的，大名罗政华，但很少有人叫，因为排行老二，大家都叫二先生。我不晓得为何不叫老二或者罗老二，非要叫先生。他经常穿西服、皮凉鞋，还爱打领带。头上也收拾得油光可鉴，换高级的话，“虱子到二先生头上都要崴几脚”。从上至下，二先生看起来都不像是水车出产的，不知底细的，还以为他是县市下来的干部呢！二先生也不闲着，除了爱打打牌，脑子想的净是一些和农活不相干的事。比方大家凑在一起聊起收成、天气、雨水，他说以色列的农田都是自动灌溉，美国的小麦都用联合收割机，农民坐着飞机喷洒农药。这一说更没边际了,很多人连以色列都没听说过,更甭提自动灌溉了。他们说二先生虽然人在水车,脑子却在长沙、北京,在全世界。以那副高深莫测的神情为证,大家扯闲篇,家长里短,他脑子整天琢磨的是叶利钦晚上吃什么、美国人放了多少颗卫星、日本闹台风、非洲又开始饥荒了……都是些让人丈二和尚摸不着头脑的事。时间长了,大家都不叫他名字,索性叫他先生了。大概是非“先生”不能与他匹配。二先生也不客气,哈哈一笑,接受了这个绰号。

二先生在山东威海当过三年兵。说在那边吃海参就像我们这边吃萝卜白菜一般平常。说海虾比箩筐还大。说夏天那边也就二十多度。说山东人平均身高都一米八几。我们都没去过山东,更没听说过威海,所以二先生说什么就是什么了。他们说,以二先生这张嘴皮子,即便没去山东当过兵,天花乱坠一番描述，也能说得八九不离十。全水车，再找不出一个比二先生嘴皮子更滑的人了。按春华的话说：“二先生不去做律师，实在是可惜了。”

二先生在水车好歹也是见过世面、有头有脸的人物。他不常待在水车，三天两头往县城跑。天晓得他在那边做什么，听说连县长、人大主任都认得，搭得上话。有回高级从县城回来，说亲眼看见二先生陪县长一众领导在我们县城最有脸面的富豪大酒店吃饭喝酒，“哎呀，亲热得像兄弟一样！”这还了得，连我们镇长都未必有这个能耐呢，二先生顿时在水车的地位空前高涨。

是二先生让高级摘掉了吃软饭的帽子。高级每天骑着摩托车，啥事没得，二先生说：“闲着也是闲着，还不如跟我一起干点事呢。”高级说：“什么事呢？”二先生没说。以后二先生每回去县里、市里，高级都跟着。鞍前马后，充当二先生的开路先锋。高级个头儿高大，像头蛮壮的水牛，谁挡他道，他就一头冲上去将他顶翻在地。有一回，我看见高级和二先生一前一后沿着清江回到水车，二先生扎着鲜红的领带，西装革履的，高级跟随后面，手里抓了一条蛇，捏着七寸，像拖着一条五彩斑斓的彩带。我天生怕蛇，远远躲开，高级故意扬了扬手里的蛇头，吓得我屁滚尿流，高级和二先生几乎同时大笑起来。在水车，高级也算是见过世面的，去过广东，还会几句粤语，哼起黄家驹的歌有模有样的，可“高级”了。

春华和二先生也走得近。尤其高级，自从跟了二先生以后，三人常在一起喝酒聊天，亲得跟兄弟一样。

三窨

过年的时候，三窨带了一个四川妹回来。那女人我见过，一头黄头发，穿着皮草、高跟鞋，眼里透着几分妖艳，走路屁股一扭一扭的。水车的老男人一辈子也没见过这么骚的娘儿们，回到家还收不住口水。婆娘们醋意大发，说嗲声嗲气的，一看就不是什么好货！

三窨原先的老婆可不是这样的。三窨的老婆是枫树的人，是老裁缝家的二闺女，给他连生了三个女儿。那几年三窨阴沉着脸，好像谁都欠了他一屁股债。第三个女儿刚断完奶，大家都晓得三窨接下来又想干吗了。

“你要是敢再生一个下来，就给我从水车滚出去，以后再也别想回来！”那阵儿，二叔常跑去乡里开计划生育的会，回来就皱着一张苦瓜脸。水车的事让他很难堪。要搞计划生育，三窨首当其冲。二叔脚都还没踏入三窨家，就被三窨轰了出来。“哪个要我断子绝孙，我就死在他家里！”

后来，三窑的老婆掉下山崖死了。三窨料理完后事，心灰意冷，将三个女儿打发他娘带着，自个儿跑广东去了。

他们都说三窨在东莞开黑诊所，专门给那些在外打工的四川妹和河南妹打胎，也治痔疮、不孕不育等疑难杂症，打着祖传秘方的旗号。水车人都晓得三窨祖上三代都是摸锄头把儿的，没听说有会治病的。水车人没听过，不代表广东没听过，来找三窨看病的人一拨跟着一拨。他们都说三窨靠这个发了点财。

发了点财的三窨过年回家可风光了，每次回来都大包小包的，戴的手表金灿灿的，听说把长顺爷爷的谷仓掏空也不值这块表的钱。他专治疑难杂症，这些病症通常让患者羞于启齿，去正规医院，价格贵不说，还遭人白眼，这谁受得了？三窨的门店仿佛就是为了这群人专门开的。得了这病那病的，都跑他那儿去了。梅毒啊，尖锐湿疣呀，白带异常呀，好像这世上就没有三窨治不了的病。三窨的诊所墙上挂着满满当当的锦旗，简直华佗转世、仲景再生，在大医院求爷爷告奶奶，受了一肚子气，没人把他们正眼瞧，到了三窨这儿，重回人间，三窨笑脸相迎，小护士端茶倒水，细心体贴，嘘寒问暖，哪像进了病院，倒像进了美容院。

来治病的大多是湖南、江西和四川妹子，年纪轻轻，嫩得掐得出水来，要不是亲眼所见，谁敢相信会得那种病？好在大家习以为常，都没把这事当回事儿，就当感冒发烧。三窨穿着白大褂，一针下去，竟然“手到病除”，鬼晓得他从哪儿学到的医术。来找他的人越来越多，也越来越年轻，三窖一个人忙不过来，过完年，又雇了两个护士帮忙，每天忙得屁股不沾椅子，腰包倒是越来越鼓，说话嗓门也越来越大，再辛苦也值了。

三窖每年回来都胖一圈。面色红润，印堂光亮，和春华一样，也有了啤酒肚。穿着西服，将衬衫扎进裤腰里，大肚子圆溜溜的，看着就阔气。阔气的三窖说起话来底气都足了许多，听说在东莞还买了房，将女儿们都接出去，在外面上学，回来讲一口顺溜的普通话。

这还得了，竟然在东莞安家落户了，天大的本事，连二先生都做不到。他们都说三窖发迹了，在外面发了大财，对他的称呼都变了，以前三窖三窖，没听谁叫过他名字，现在见了面，都亲热地拍着肩头叫他郑时富，或叫郑医生。不管怎么叫，三窖都是笑嘻嘻的，见了人就散烟，打声招呼，连红毛都不嫌弃，红毛哥长红毛哥短，叫得清甜，叫得红毛直发虚。大家都觉得三窖这人不错，不摆架子，苟富贵，勿相忘。再没人敢背地里揭三窖的老底。

二叔从老仓库前走来，迎头碰上三窖，想躲都来不及。二叔有些局促，耷拉着头，不好意思再见三窖。三窖咳嗽一声，凑到跟前，这么急，去挖金子呀？二叔这才抬起头，讪讪地笑，说大老板发财回来啦！三窖说："我算啥大老板，混口饭吃罢了，当年还多亏了你，不然留在水车，卵都不算一条。"说得二叔脸涨成猪肝色。二叔说："当年的事，没有办法嘛，你晓得嘛……"三窖大手一挥，说过去的事就过去了，不要再说了。二叔如获大赦，长松口气，说你如今是大老板了，见过大世面的，说话就是通情达理。

第二年再回来，三窖依旧领着四川女人，怀里多了一个男孩儿,打扮得像洋娃娃。手里抓着一只坦克车玩具,哭声嘹亮,连高级家从不爱叫的老黄狗都被他的哭声吸引过来了。

打架

打架是水车的节日。水车每年都要蹦蹦跳跳干上一两场架。一提到打架，个个都像发春的公牛，喔嗬！打架了！打架了！闻声而动，牌不打了，电视不看了，活儿不干了，锄头、耙头纷纷往田里一插，裤脚上的泥巴顾不上洗，都兴冲冲地往现场冲，生怕错过这精彩刺激的一幕。

这回是罗忠财和光头白干上了。光头白说亲眼瞥见他家的那只芦花鸡跑去罗忠财家菜圃讨食，打个转身鸡就不见了。

“真是柴垛里捡柴刀呢！”光头白愤愤地说。

“瞧这堆鸡毛，要不是我那只芦花鸡的，我把这堆鸡毛吃了。”光头白指着罗忠财院门口毛竹下的一堆新鲜鸡毛起誓。

“哪个崽吃了你家的鸡！”罗忠财的暴脾气比光头白有过之而无不及。

“你说鸡是你家的，你喊它回去呀！”

光头白气得头发都要竖起来了。

“你这个窃牯仔，长顺爷的西瓜没偷够吗？”

罗忠财外号叫窃牯仔，窃牯仔小时候去长顺爷爷的瓜田，西瓜没偷到，倒把没熟透的西瓜砸烂一片，被长顺爷爷抓了个正着，“窃牯仔”这个名号就是那时流传开来的。窃牯仔最不喜欢人提这茬事儿，这是他的污点。他指着光头白嚷：“我偷你家的了？要偷也只偷你娘！”

“你要不承认，我今天就把名字倒过来写了。”光头白双手叉腰，脸红脖子粗的。

“嗨，我倒要看看你的本事！”罗忠财的大嗓门儿硬邦邦。

两个人你一言我一语，唾沫星子都沾到对方脸上了。光头白没沉住气，一个猛虎出山，一把将窃牯仔推进水塘。罗忠财没料到他先动手。等反应过来，一声暴喝，我×你奶奶呵，像头小水牛，朝光头白直直地顶了过来，一把将光头白顶翻在地。

罗忠财是水车正儿八经练把式的，一顿能吃两斤东坡肉，壮得跟水牛犊似的，少年时期跟扯旗寨的和尚师父练过拳脚，每年舞龙，都会表演他的拿手好戏板凳拳，双手各持长凳一脚，将长凳舞得密不透风，水泼不进。光头白和罗忠财比，明显不是一个重量级的。

“信不信我一根手指头戳死你？”罗忠财说。

光头白的拳头像打在海绵上，想想不对，还没来得及反应，鼻子先挨了一拳，眼前一黑，吐出两颗门牙，这下事情就闹大了。“你有种，给我等着！”光头白气得跳了起来，下巴上全是血，整张脸像打翻的颜料盆，甚是骇人。

窃牯仔刚从水塘爬上岸，全身湿淋淋的，说：“等着就等着！不等的是你崽呵！”

光头白先去高级家。光头白和高级同姓郑，还没出五服，两人年龄虽然相差不大，但照辈分，高级还得叫光头白一声堂叔。光头白嗓子都喊出烟了，高级的人影都没见着。忠书奶奶见了他满脸血的样子，骇了一跳，我的老天爷，你怎么啦？光头白顾不上理她，嘴里一个劲儿嘟囔，我今天不把罗忠财这狗日的弄死，我以后名字倒着写！忠书奶奶才明白过来，光头白是来找高级搬救兵的。忠书奶奶说，高级大概在二先生家喝酒呢。话刚出口，后悔不迭，忙劝说，快消消气，别闹出乱子来。光头白也不知听见没听见，掉头就走，顺手抄起院墙角的扁担，小旋风一般地跑出来。还没跑到老仓库门口，迎头就撞见了火鸡。火鸡见光头白这副样子，也吓了一跳，问，怎么回事？光头白说，狗日的罗忠财打的，罗家欺负我们郑家呢！火鸡听了二话没说，顺手捡起一块石头说，还有这事儿，今天就给他十八个胆儿，看他敢动我们郑家一根汗毛试试。路过二先生家的时候，光头白身后已经跟了二告、香茅鸡、小钢炮等十来号人了。他们都和光头白沾亲带故的，前几年郑家和罗家就干过一次架，那次罗家准备充分，二告头上挨了一棍子，敲得他晕了一天一夜才醒。这一棍子让二告长了记性，今天有了这等机会，岂有不报之理？二告舞着铁棍，叫得比光头白还积极："今天就要给姓罗的放点血看看！不打不长记性！"

一群人如嗅到血腥味的鲨鱼，都操着家伙，兴冲冲地朝罗忠财家去。罗忠财一看来者不善，叫他女人月娥赶紧关了院门。关了院门，罗忠财的底气又上来了，嘴巴比茅坑的石头还硬："进来呀，进来咬我卵呀！"气得外边的人跳起来大骂："当什么缩头乌龟，开门啊！”“今天非要把你打得两头出气、两头出屎！”一群人死劲踢打着院门，薄薄的杉木院门哪经得起无数只手脚捶打，没几下就裂开了。罗忠财忙用锄头、扁担顶住，担心门被一脚踹开。外边的叫骂声越发难听，污言秽语，把他十八代老祖宗骂了个遍。但任他们怎么叫唤，罗忠财充耳不闻，就是不开门迎战。

罗姓家族一群人这时也闻声赶来增援：“哦嚯，这么多人，欺负一家人，当我们姓罗的死光光了！”

“要你们管闲事？”火鸡气冲冲地说。

罗忠财还没来得及开院门，一群人先在他家院子外边就干上了。混战中，有人爬上墙，将院门打开，人群顿时全拥了进去。罗忠财站在台阶上，手里抄着一把锄头。罗忠财婆娘站在院子里，哭丧着脸，手里还端着一盆猪食，大声哀求：“不要打了，会出大事的！”话未落音，被光头白一扁担横扫过去，直接放翻在地。

抡锄头的，抄扁担的，拿木棍的，撒石灰粉的，罗家院子顿时成了修罗战场，鬼哭狼嚎，血肉横飞。混战中，罗忠财家的老黄狗也加入了战局，紧咬住光头白的裤脚，被火鸡顺手招呼了一棍子，顿时脑袋开花，呜咽一声就断了气。罗忠财看到女人倒了，狗也死了，舞起锄头见脑袋就砸，硬生生在人群中杀开一条血路。众人见他杀红了眼，纷纷避让，过来看热闹的山猴子躲闪不及，一脚跌进水塘，在齐腰深的水塘中手舞足蹈，成了落汤鸡。

这场架直到二先生和高级赶来才收尾。二先生说："还打就要闹出人命了，杀人偿命，一个个是吃饱了没事干吗？"高级一把将罗忠财的锄头夺了，又指着蠢蠢欲动的光头白说："谁还要打？尽管往我身上来！"没人再打，都打累了，一身血污，喘着粗气，冷静下来，只见地上已躺倒几条好汉，都露了怯。火鸡躺在台阶上，双眼紧闭，后脑勺儿不知挨了谁一棍子。他爹山猴子以为他死了，在一旁哭天抢地的。光头白小腿也挂了彩，一屁股坐在地上，捂着小腿哎哟连天。罗忠财的女人月娥捂着肚子，披头散发，坐在打翻的猪食盆上哭诉："天杀的雷劈的，太蛮横了呵，欺负到家里来了，还有没有王法啊！"

负伤的人都被抬进水车卫生院。将卫生院挤得满满当当。火鸡头上被绷带缠得严严实实，看起来就像电视里的病人，他和罗忠财被分在一间病房，醒来嘴巴翘得能挂十二只汤勺。没人报警，医药费各自承付。一个月不到，杀红了眼的仇人们又笑嘻嘻地开始在一起扯闲篇了，好了伤疤忘了痛，仿佛这场斗殴从没发生。

鬼话

某年暮春时节，疯和尚在扯旗寨那边打了一场道场，回来神魂颠倒，说撞鬼了。什么鬼呀？撞见倒路鬼了！水车人管倒路鬼叫“张五郎”，他是狩猎神。以前的猎人，出门前都要专门祭祀张五郎一番，祈佑多打到猎物，不会在大山中迷路。但张五郎是个挑逗鬼，有时不仅不保佑，还爱捉弄人，让人陷入迷途。

疯和尚打完道场，天已经麻麻黑。他背着一斗米，左手提一尾鱼，右手拎一块刀头肉，腰包里还掖着百十来元，喜滋滋往家赶。打了一天一夜的道场，眼睛都没有合一下，想赶紧回家睡个好觉。走到泥鳅闵，天色已经擦黑，刚插完秧的梯田，镜子般光亮。疯和尚趁着暮色，深一脚浅一脚往水车赶。泥鳅冈有一个隘口，两边都是山崖，夹着一条小径，以前是去水车的必经之路。后来去水车修了公路，绕枫树、洪庄，虽远，但平坦，沿途都是屋舍人烟。这条小径好多年没人走，渐渐荒芜，荒草比人还高，经常有乌梢蛇出没，横在小路中央，黑漆漆的，不仔细看，还以为是一根枯树枝呢。乌梢蛇是蛇里的骚鸡公，无毒，但性子烈，还很好面子，喜欢追人，人跑多远，它就追多远。它追上去也不咬人，喜欢和人比比高矮。拦在人前，嗖地竖得一米多高，朝人吐着信子，虎视眈眈，两只小眼睛发出莹莹绿光。怕蛇的被骇得三魂去了两魂半，回去必落得大病一场。要人比不过它，它可就得意了，摇头晃脑，耀武扬威一番才慢慢遁入荒草中。谁都怕和蛇比高矮，听说要是被蛇比下去，会折阳寿。也有不怕蛇的，手里有称手的家伙，顺手就是一击。吃了痛，蛇跑得比闪电还快。

疯和尚什么都不怕，唯独怕蛇。上次经过泥鳅闶，走路时“眼睛装进了裤兜里”，以为那是“一截枯枝”，结果一脚结结实实踩在了蛇身上。那蛇吃了痛，大片荒草都在抖动，吓得疯和尚触电似的，一把扔掉手中的鱼肉，撒丫子就跑，一口气跑到水车，脸色白得“像水里泡过几夜”似的。

这回疯和尚路过泥鳅闶，吸取了上次的教训，眼睛像两只探照灯，每一步都走得小心翼翼，生怕又踩上蛇。这回倒没有碰上蛇，就是怎么也走不出这个隘口。这条小路，疯和尚少说也走了百十来回，通常不到一根烟的时间就能走到头。“肯定是撞上倒路鬼了，抽光了半包烟，还在原路打转儿。”疯和尚徘徊了大半夜，走得筋疲力尽，还是没走出泥鳅闶，突然惊醒，想必是“张五郎在捣鬼”，连喊“赔时赔时，原来你这个挑逗鬼在作怪！”疯和尚放了手中的鱼肉，扯下裤子就开始撒尿，脏话连篇，骂声不绝，将张五郎祖宗十八代都骂遍。说来也怪，这一泡尿撒完，再继续走，果然没到一根烟的工夫，泥鳅凼就甩在身后了。

水车好几个人据说都撞到过倒路鬼。倒路鬼会让人鬼迷心窍，在路上不停徘徊，绕圈子。有经验的，晓得是张五郎在作怪，朝他污言秽语，再撒上一泡尿，张五郎自讨没趣，自然就跑了。也有没经验的，累得半死，到天亮都没回到家。

我不怕倒路鬼，我看过张五郎的塑像，双足朝天，两条腿竖成外八字，一脸顽皮相。我模仿他的样子，腾地倒立起来，在水车到处走。我倒希望他们也叫我张五郎，叫我倒路鬼，却从没人这么叫唤，他们说，冬瓜，你过来，表演一个。

水莲

细妹之前，水车要数高级老婆水莲最漂亮。水莲一点也看不出是生过娃的人，腰是腰，屁股是屁股，穿着短裙，里面套黑色长丝袜，不知迷死多少水车人。水莲早些年跟随高级去广东，听说在厂里当出纳，还干过文员，有人在东莞厚街的足浴中心撞见过她。

“给人捏脚呢！”

“除了捏脚呢？”

“那你还想捏什么？”

也不晓得是不是故意添油加醋的，毕竟没几年，高级和水莲双双把家还，盖起了一栋三层楼的小洋房，贴了白瓷砖，蓝色铝合金窗，明晃晃，亮闪闪。高级就是高级。他们背地里都说，盖房的钱都是水莲在厚街挣的。

水莲在广东干了几年，回县城开了一家发廊。发廊开在棉花街上，据说棉花街上像水莲开的这样的发廊，林林总总二三十家。店铺不大，一扇玻璃门，里面闪烁着暧昧的粉红，让人心旌摇荡。水车的男人都爱拿这条街开玩笑，听说谁去了县城，必定不怀好意地说："哟嗬，上棉花街去哪！"被说的必回一句："你娘才去棉花街呢！"谁家婆娘要是知道自家男人去了棉花街，那家就会响起一阵锅碗瓢盆的演奏曲。

水莲盘了一家门店，找来了几个妹子，自己当老板，每次收二十元。啧啧，高跟鞋，黑丝袜，那脸蛋，那腰肢，那屁股，让其他门店黯然无光。听说没半年，生意火爆得不得了，"门槛都被踏破了"。

他们都说高级吃软饭，靠水莲，不光盖起了三层楼,还是水车第一个骑上摩托车的人。早先骑的是一辆二手南方225，后来换成一辆崭新的宗申摩托车,跨上摩托车,油门一踩,摩托车像怪兽,呜呜呜地叫,高级这时比谁都高级。高级成天在水车、枫树、洪庄转,像只蜜蜂到处去采花。他们背地里说,高级让他老婆在外面卖呢，听见摩托车的呜呜声,都晓得高级来了,大家打住话题,都笑嘻嘻地望着他。高级说,说什么呢?大家依旧笑嘻嘻的,说扯闲篇呢。高级掏出烟,每人抖一根。高级就是高级,别人抽红梅,他抽芙蓉王。散了一圈,他叼着烟,将油门踩得呜呜响,那辆红色宗申摩托车像匹狂怒的野马,嗖的一下就不见了。

水车的人说高级是只野公鸡,和很多女人都困过觉。二告说:“那天他看到高级和三娜在松树林里就脱了裤子。”小钢炮说:“我不信呢,这样的好事偏你看见了。”二告发誓说,那天正好在林子里拾松果，看见高级坐在岩石上，刚想现身打声招呼，发现岩石后边还有一个人。“那人是三娜？”小钢炮问。“当然呀，白花花的大奶子……啧啧！”

三娜是顺明的老婆，顺明娘常骂三娜是只不下蛋的鸡。三娜听了火冒三丈，差点卷铺盖回娘家。第二年春天，三娜就给顺明添了个带把儿的。顺明娘眼都要笑花了。他们背地里说，长得像高级。简直和高级一个模子里出来的。问高级，高级嘿嘿笑，打死都不承认有这回事。这话传到顺明耳里，顺明从此去了福建，索性过年也不回来了。

水莲很少回来。她一回来，在水车算得上是件新闻。她从摩托车上下来，穿着菱形格子套裙，红漆皮高跟鞋。嚣张的奶子在水莲的衬衫里欢快跳跃着，随时都要跳出来。水莲走到二叔的肉摊前，要了一副猪肚、一对猪蹄。和二叔说话的时候，二叔整个人都容光焕发，一高兴，还免费搭上了一根筒子骨。

水莲要再补钱，二叔大手一挥说:“快要收摊了,不要见外！”

大家都说水莲孝顺、懂事,见谁都要打声招呼,有时还去串串门,也不嫌弃黑乎乎满是油污的桌椅板凳,像坐自家一样,笑吟吟地聊家长里短,嘘寒问暖。我们甚至怀疑,外边那些有关水莲的污言秽语,是别有用心的人故意泼的脏水。

“我看水莲是个好妹子。”

连长顺爷爷和忠书奶奶都忍不住在背后夸赞。

水车的女人都艳羡水莲的好身材,有人结了婚生了崽,身子就像一块猪板油,山塌了一般。水莲人家生一窝,身材还是那么好,甚至比以前还惹火,这底子好啊。

水莲回去后,我依旧想着她的身子。有股无名火在我的心尖儿上不停地喷。我跑去找二告,路过花妹家的时候,我看见她家的晾衣架上晒着几条粉红色的内裤和一个胸罩。我一眼也不敢多看,光头白正在喂牛,他警惕地瞅着我,仿佛知道我在想什么。

抽搐

我身上的猪屎味像夜风一样弥漫，和我如影相随，怎么也甩不掉。我一点都不喜欢。我在水龙头下一遍遍地冲洗，再多的太阳牌洗衣粉也冲不掉身上的猪屎味。好像这种气味与生俱来，属于我身体的一部分。这让我无比沮丧。我霍地一下倒立起来，迈下台阶，倒立着朝门外的马路走去。马路上空空荡荡，一个人也没有。毛茸茸的大蜜蜂嗡嗡嗡地在耳边响个不停，阳光像网一样扑下来。我很快冒汗了，汗珠子从头皮渗出，一滴一滴往鼻孔里灌，我连打了好几个喷嚏，屏住呼吸，强行将世界隔离开来。

这时我看见细妹拖着拉杆箱远远地从公路尽头走了过来。扭着腰肢，胸前停着两只斑斓的蝴蝶，翅膀一抖一抖的。我的心也跟着剧烈地抖动起来。我听见越来越剧烈的心跳声，一下、两下、三下……我快受不了了，大口地喘着气，鼻尖闻到一股鼠曲草的清香味儿。我看到蝴蝶颤抖着翅膀，朝我飞来，越来越近。

几个月不见，细妹越发迷人。她在油菜花旁边停了下来，我看到她红色的高跟鞋沾着花粉，上面是套着丝袜的长腿。

“冬瓜，你在玩倒立啊？”细妹笑嘻嘻的。

我翻转过来，蹲在草地里，回了她一个傻笑。

“冬瓜还是老样子呀。”

她拉着粉红色的拉杆箱扭着屁股往家里走去，蝴蝶也跟着她飞走了。

细妹一定是兔子精变的。她笑起来的时候，电视上的兔子精也没有她好看。自从初中毕业去了东莞，细妹每次回水车，都有变化。最先是发型，去时齐耳短发,回来时长发及腰。长顺爷爷扛着锄头去除草,见了连声感叹,说:"细妹子呀,在外面是不是太累啦?伙食没吃好呢,连头发都黄了。"说得细妹脸都红了。细妹说:"我这是故意染黄的呢,花了几百。"惊得长顺爷爷锄头都掉了。

细妹变得越来越时髦,也越来越漂亮,换忠书奶奶的话,这要在古代,皇妃也未必比得上细妹。水车的细妹让我们有了陌生感,她看上去不再是水车的细妹,更像别的地方的细妹。我不知道是谁带走了我那个曾经熟悉的细妹。我很想知道这究竟是怎么一回事。我还记得她第一次回来的情景,普通的马尾辫、牛仔裤、运动鞋,背着一只双肩包,清清爽爽的,像只小白鸽,随时要飞。包是她们工厂生产的,据说专门卖给美国佬。那时她还是我熟悉的那个细妹。尽管头发是黑色的,鼻子也没那么挺拔,脸型也不是现在的瓜子脸……可就是那么好看。

他们说，太漂亮的女人不好，红颜薄命。漂亮的女人，男人都爱和她困觉。从广东回来的第一年，水车中学的一位数学老师就打发媒人上门来提亲了。媒人说："人民教师呢，吃国家粮的，退休了国家还发钱，到时每天坐在家里打牌看电视等着发钱。"说得细妹娘心花怒放。细妹不作声，低头在一旁织毛衣，她能织好几种花纹，还会织梅花鹿。细妹娘还当她是害羞呢，以为这事八九不离十了。细妹说："我才十七岁呢，谁要结婚谁结去，反正我不结！"细妹娘说："咦，人家中学老师，配不上你是不？"细妹不作声，两根织针在指尖跳来跳去，像在打架。细妹娘说："别犯傻，这多好的事啊，老师好歹也是铁饭碗呢，旱涝保收。"细妹腾地站起来，扔了毛线衣，眼泪都气出来了。

那老师长得又黑又矮，说话吞吞吐吐，三棍子打不出一个响屁，要不是戴副眼镜，谁拿他当棵菜？

一个小老师竟敢抢我们的细妹，这还了得！这不，老师还没等来媒人的消息，家里的窗户倒先迎来了一砖头。也不撒泡尿照照镜子，细妹是你想娶就娶的吗？就我所知，二告和小钢炮就为细妹干过一架。在那块后来著名的油菜田里，他们像两条狗似的，翻来覆去地滚着，扭打在一起。这事之后，数学老师提亲之事总算黄了。

预言

疯和尚婆娘赶集的时候，从地摊买了本占卜的书回来。书上预言一九九九年十二月三十日世界将毁灭，到时全世界瘟疫横生，血流成河，人类将灭亡。这本书在水车传来传去，水车开始恐慌。疯和尚婆娘会走阴，能摸吓，驱鬼。她是个不爱收拾的人，满头灰发，乱得像个树蔸，缺了两颗门牙，说起话还漏风；一对松垮垮的葫芦奶挂在胸前晃来晃去的，长得可以倒甩到后背了。那次正好是他家干白喜事，水车的人都坐在打禾坪上喝酒，喝着喝着阴婆突然一下跌倒在地，人事不省。大家七手八脚扶她起来，好长一阵，只见她霍地白眼一翻，张嘴呼出一口浊气，便开始疯疯癫癫起来，一屁股坐在桌上，手舞足蹈，眼睛空洞无光，也不知在望谁，脸上挂着一丝怪诞的笑，能骇死人。她唱起歌来："咿呀呀，王母娘娘……弟子罗桃花，奉命前来水车……"原来这回她被王母娘娘抓住啦！她学着光头白老娘桂老太的口气，"光头白你这个不孝子啊，我在那边冷啊，鞋也没有一双穿，铜钱也没有一串花……"唉声叹气的，口气一模一样，活脱脱的桂老太又活过来了。光头白当场脸就挂不住了，听说连忙去集市给他娘买了纸衣纸鞋，又烧了一大堆纸钱才安心。

我偷了二叔一根烟给红毛，央求红毛给我讲白话。

红毛就给我讲了一个疯和尚年轻时在水稻田撞鬼的白话。说疯和尚年轻的时候去奉家那边打道场，死的是个怨妇，喝农药死的，怨气重，打完道场回来，天色已经很晚了，正值拔秧插田的时节，他走到一处偏僻处的时候，发现一男子身披蓑衣，头戴竹笠，正立在水田插秧。起先疯和尚还纳闷，心想这么晚了，还不收工呢。走得更近一点，正想和那人打声招呼，却见那人仰天大叫一声，突然一下把秧抛得到处都是，在水田里捶胸顿足起来。

“你猜怎么着？”他神秘兮兮地瞅了我一眼，我魂都差点被他瞅没了。“看上去像在和一个人打架，可旁边没其他人，嘴里发出谁也听不清的话，踢腿挥拳，趺趺撞撞。他打出的拳头全部落在了自己的身上，把自己打得鼻青脸肿的，人都快不行了。”疯和尚知道那男子被鬼缠住了，是在和鬼打架，就赶紧往他身上撒了把米，念了道咒语才把鬼赶跑。那人清醒过来，说他刚才正在和一个披头散发的怨妇打架，老是打不赢她。疯和尚说，那是奉家那边新死的鬼，你怎么打得过呀！

“鬼来啦！”红毛猛地戳了我一下，吓得我从地上弹起来。

“死红毛，唬谁呢，我才不信你呢！”我狠狠瞪他一眼。

我去问疯和尚，这事是真的吗？疯和尚说，谁讲的呀？我就说是红毛。疯和尚朝我嘿嘿笑，冬瓜，还有比这个更骇人的鬼故事，想听吗？我心里痒痒的，想听又不敢。前几年，水车还没有通电，大冬夜，天寒地冻，大家闲着没事，烧一堆火，围炉夜话，每个人都讲一个白话，说得最多的就是鬼故事。罗龙老婆六十岁喝农药自杀的，听说得了癌症。疯和尚打道场，打到后半夜，人困马乏，瞌睡连天，都歇了。疯和尚在长凳上假寐，刚合眼，就听见棺材里传来敲打声，他听得汗毛都竖起来了。那声音听上去就像里面的人又活过来了，用指节敲打着棺木，时急时缓，偶尔还听见指甲用力抓挠棺木的声音。疯和尚打了一辈子道场，也没有碰到过这样的场景，看其他人，都没有听见似的，没有一个惊醒的。疯和尚吓得三魂去了两魂半，喃喃说，何阿婆，我和你无冤无仇的，你可不要故意骇我啊。

来电

没通电的年月，那时候鬼故事真多啊。每个人都有一肚子的鬼故事，都是讲亲身体验的，讲得活灵活现。昏暗的煤油灯下，每个黑暗的角落似乎都在发出异响，连老鼠也出来凑热闹了。萝卜粗的家鼠大摇大摆地伏在梁上，听底下的人讲鬼故事，偶尔抖落几星锅灰。我既好奇，又害怕，听到后来，身子越缩越小，像只小耗子似的，缩进二叔怀里。他们哈哈笑起来，哎哟，冬瓜怕了呀，都钻你二叔胯下了。

通电后，开关一拉，满屋子亮堂堂的，鬼故事就不好玩儿啦，每个角落都暴露在电灯下，鬼没了藏身之处。露水鬼、吊死鬼、难产鬼、火烧鬼，通通逃走啦！

水车通电很晚。枫树、洪庄早两年就通了电了。连偏远的湖州都通上电了，水车的电线杆才立起来。通电的那个晚上，大家都很激动，早早吃完饭，干巴巴地盼着天黑。天黑下来，灯就亮了。十五瓦的白炽灯，像只小葫芦瓜，高高悬在天花板下。拉线开关一声脆响，黑暗的房间顿时白得耀眼。所有人都盯着灯泡，新鲜又好奇，也不烧油，也不冒烟，亮晃晃的，都想搞明白电是什么东西。要搞明白可不是一件简单的事，没几天，光头白就被电打了。光头白家的电灯泡烧了，钨丝断成几截，光头白想不明白是怎么断的，想拆开瞧瞧，拿着剪刀去敲，还没想明白怎么回事，就传来一声杀猪般的惨叫。光头白好几天都魂不守舍，形容被电的感觉“就像被狗咬了，想甩都甩不掉”。把水车人笑死了。一朝被蛇咬，十年怕井绳，很长一段时间，光头白谈电色变，被电打怕了,说起电脸都白了。说要不是运气好,就要去阎王爷那里报到去了。没多久,越来越多人尝到了电老虎的厉害,忠书奶奶被电了,长顺爷爷被电了,连水车号称懂电的火鸡也被电了。电流在他们体内活泼乱窜,看不见,摸不着,人被电得浑身打摆子。后来农电员来了,和大家讲解电的知识,大家才晓得零线火线的关系,才晓得还有试电笔这回事。伸手摸电前,都学乖了,先用试电笔试试有没有电。

葵花，或者野草

一大早，忠书奶奶坐在门槛上哭。忠书奶奶的儿媳艾芸死在阁楼上，上吊死的。忠书奶奶抱着一袋苞谷上楼去晾，猛地抬头就看见一个人挂在梁上，双腿晃晃悠悠，吓得一骨碌从楼上滚了下来。艾芸的死据说和买彩票有关，她瞒着一吨，把这些年存的那点家底全拿去买彩票了。“胆子肥着呢，一次一百一百地下，眼睛都不眨一下。”要不是忠书奶奶说，大家都不晓得艾芸赌瘾这么大。一吨狠狠收拾过艾芸几次，打得她跪地求饶，发誓再也不敢赌了。这次她和一吨回家探亲，一点自杀的迹象都看不到，没想到第二天清早艾芸就自挂房梁了。忠书奶奶一口气差点没上来。我从没见忠书奶奶这么伤心过，眼睛都哭肿了。“她怎么就想不开呢，昨晚就劝了她几句，话说重了点，她也不至于走这一步啊！皇天啊，我这是前世造了什么孽，要来受这个罪……”

几个胆子大点的，架着梯子，小心翼翼地把艾芸放下来。身子早僵硬了，吐着舌头。胆小的，瞥一眼的勇气都没有。一吨坐在小板凳上闷声抽烟，地上横七竖八扔着好几个烟蒂了，几只母鸡探头探脑地互啄着，咯咯叫着。长顺爷爷来了，疯和尚来了，高级来了，二先生来了，认识的人几乎都来了，将忠书奶奶的小院子挤得插脚的地方都没有了。三娜和麻子两人轮番劝慰忠书奶奶，说艾芸的八字就是这样，一时想不开，这是八字注定了的，怪不得谁。忠书奶奶一句话也不说，只是哭。

水车人相信这个世界上是有鬼的。尤其是年轻的、暴死的，都葬在寨下。

那天晚上我连做噩梦，我梦见被我们杀死的猪都活过来了，颈部冒着血，露出满嘴的獠牙冲过来找我们赔命……我梦见二先生犯法被全副武装的武警拉去茶场枪毙了。最让我害怕的是，我梦见了二叔。我梦见他躺在草席上呻吟。我问他怎么了，他摸着腰，说掉下悬崖，把腰摔伤了。“我晓得是谁干的。”二叔的表情幽怨地望着我，突然伸手来拽我的衣襟。我下意识地往后一躲，从床上摔下来，这才从噩梦中解脱出来。我听见窗外一片聒噪的蛙声。起了露水，寒意不断从窗户透进来，我浑身颤抖，整个背心都被汗浸透了。

每次受了惊骇，二叔就会找疯和尚帮我压惊。疯和尚朝鸡蛋念完咒，用黑线缠住，吩咐煮熟后吃了，将蛋壳留在枕下睡三宿，再将绑鸡蛋的黑线系在手臂上。二叔说，吃了鸡蛋我的魂就会回来。

我感觉心中有团火，在慢慢燃烧。我仿佛听见瘪谷燃烧发出毕剥的响声。它烧掉了我的毛发。我闻见毛发的焦味。我躺在午夜的床上，听见楼下猪圈里发出的阵阵骚动。我无法动弹，无法挣扎。黑暗中有蚊子在飞，嗡嗡嗡飞舞着，带着致命的诱惑。飞到眼前的蚊子一下全变成了女人，黑夜里女人白花花的奶子带着瓷片般的光泽。她不停地喘息着，让我喘不过气来，我呼吸困难，火在燃烧，夜莺在歌唱。细妹像云纱一样缥缈，浮在空气中，那尖尖的奶头在黑暗中像火红的烟头。

细妹……

细妹……

醒来的时候我发现底下湿黏黏的，细妹不见了，蚊子不见了。我听见二叔蹲在桂花树下磨刀，霍霍霍，天边露出一线鱼肚白，破壳而出的太阳正将青色的云块涂上鲜艳的色彩。

二叔说，色是刮骨钢刀，可是我胯下的不祥之物还是每日按时升起。它不属于我脑袋控制的范围，我对它的失态无可奈何，它就像雨后的春笋，高高地竖着。那天下午，我坐在二叔的肉铺案前浮想联翩。肉板上的苍蝇正在忙着交配，公的压在母的背上，从屁股后伸出针尖大的工具……我心里突然腾起了一股火，一股无名邪火。火好烈，带着浓浓的硝烟味，我操起一把刮骨钢刀朝肉案上的苍蝇狠狠地拍去，苍蝇哄地一下全飞走了。

欲望像野草，像野兽，像云团，像葵花……鱼儿在跳跃，鸟儿在歌唱……我眼睛一片模糊，睁开眼，刀底下压着两只死苍蝇，我用力过猛，它们都被我压成了肉泥。二叔不知道什么时候站在了我背后，这个老东西一眼就看穿了我在想什么。我被他看得羞愧难安，一连几天都不自在。

米花

曲儿告诉我:“冬瓜,我娘回来了哩!”她一只手拿着饼干,脸上沾着碎末,另一只手抓着根火腿肠,焦黄的头发扎了一对羊角辫。她显得很高兴,像是故意要告诉我这件事。她姐冬儿走过来,拉起她就往家走。曲儿瘦得像麻秆,听说得了疳积,脸上没点血色,白纸一样,那细脖子用手掐下就会断。

孝敏的婆娘米花果然回来了。米花穿着黑色长款羽绒服,一头短发,染得五颜六色,像打翻了的调色板。米花懒洋洋地倚靠着门抽烟,遇上相识的人就打声招呼。几年不见,有些人已经老得快要认不出来了。孝敏好像不在乎,婆娘回来了,两片厚嘴唇笑得合不拢嘴。他家的两间土房还是二十世纪六十年代建的,早已开裂,上面的瓦片都快挂不住了。之前米花和孝敏睡里间,冬儿和曲儿睡外间。土房和米花没跑前一样,现在更破败了。

米花带了许多塑料花和小首饰回来,见了来串门的女人,每人给一个。来串门的女人把门槛都快挤塌了。

“在外面做什么?”

“进厂。”

“进厂做什么?”

“干活儿。”

有人问染这头发花了多少钱,有人摸了摸她身上的羽绒服,说是鸭绒的,果然闻到一股鸭子味。听米花说起外面的花花世界,便都抱怨起水车的种种不是。小啦,穷啦,落后啦,长这么大都没出去见过世面啦。奉承米花在外面见足了世面。米花脸上挂着淡淡的笑。有女人甚至动了心，说也想跟米花出去闯一闯。

只有水车的男人一提起米花，牙齿就咬得咯咯响。嫌米花给水车丢了脸。她是水车有史以来的头只鸡。原先是米花生了两个女儿，孝敏就打她，骂她干活儿又懒，还不会生儿子，米花一气之下，跑去广东了。她给人当过仓管员、保洁工，后来不知怎的，给高级碰上了。高级回来说，米花原来没进厂呢，她在外面站街，当鸡婆了！水车的男人火一下蹿得老高，这还了得，太丢人现眼了！简直是水车的奇耻大辱！好像米花给他们每人都戴了一顶大绿帽子似的。

米花这次回来，是跟孝敏离婚的。米花跑了以后，在外面见了世面，再也不怕孝敏了。反倒是轮到孝敏怕起米花来了。米花不仅离了婚，还要带两个女儿走。孝敏说："带女儿，休想！"把俩女儿藏起来，不让米花寻到。米花寻了一气,没找到。清晨她背着一只包走了,从此彻底消失在水车,再也没人见过她。

春天

春天又来到了我们水车，益母草、婆婆纳、灰灰草、柳叶菜、马齿苋、豌豆花……一夜之间就冒出来了，绿得醉眼，绿得惹人疼。我在草丛中打滚，狗也跟着打滚，伸着长舌，摇着尾巴，狗眼里都是绿色。一架飞机拖着长长的尾巴，飞过蓝天，惹人无限遐想。窗外远处是黛色的山峦，层峦叠嶂，一层接着一层，近处是碧波荡漾的田野，种满了绿肥。忠书奶奶正在给地锄草，孝敏赶着牛回家，那头大黄牛哞哞地叫，大眼睛比黑狗的大了好几倍，水汪汪的。原来牛是这么叫的，我以前老学不会。我学着孝敏家的牛叫了一声，孝敏就笑，冬瓜，你前世牛变的呀。我说你才是牛变的呢！你连牛都不配，怪不得米花要跟你离婚呢！气得孝敏扬言揍我一顿饱的。说来也怪，其他人我都怕，唯独不怕孝敏。米花说孝敏是块木头，一年到头挣不到几个钱不说，脾气还比水牛都犟。

春天来了，小燕子也飞回来了。一夜之间，春笋就从土里拱了出来，露出毛茸茸的笋尖。冬眠了一个寒冬的蛇也醒了，在山涧里欢快游弋，洗澡。阳光和煦，万物花开。水车每个角落都呈现一派生机勃勃的景象。

春天是交媾的好季节呀，动植物都在做爱，在阳光下，在三月骀荡的春风中。油菜花太香，招惹蜜蜂；茅草长出紫红色的穗子，立在春风中左右摇摆。这年春天，只有长顺爷爷播种了，其他人家田地里早都种上了树苗子。赶集那天，长顺爷爷在集市上买了几斤种谷，“二优四六”，十三元一斤。“二优四六”一点都不好吃，但是产量高。长顺爷爷说，你们这些狗仔呀,你们是冇呷过苦呢,现在倒还嫌米不好吃了!

长顺爷爷是种田的好手,在水车,谁也甭想比过他。长顺爷爷把种谷装进蛇皮口袋,用温水泡了一个晚上,再用烂棉絮把蛇皮口袋紧紧裹住,像裹个孩子。用不了一个晚上,蛇皮口袋里的种谷就热得受不了了,它们叫着喊着要出来。长顺爷爷说,冬瓜,你听,种谷在袋子里唱歌呢!我竖起耳朵贴着蛇皮袋听,果然听见声音,长顺爷爷摸着我的头笑了起来。他笑的时候皱纹都舒展开了,格外慈祥。我想长顺爷爷要是我爷爷该多好呀。我听见种子在欢声歌唱,我要发芽,我要发芽,唱着唱着,屁股后面就长出嫩芽来了。绿白尖细的,像一只只小蝌蚪。

播种季节,杜鹃也勤快了起来,水车管杜鹃叫"八哥"。它们整天立在苦楝树上,一个劲儿地唱:"八哥,下种,八哥,下种……"

长顺爷爷将秧田的泥巴捣得稀巴烂，稠得像粥一样。别人都用牛耕，他偏用锄头，说锄头比耙头更得劲。傍晚的时候，长顺爷爷将发芽后的种子撒在水田里。种子沾上泥水，就像蝌蚪找到了妈妈，欢快地长了起来。一个星期不到，嫩芽已经寸把长，风一吹，雨一淋，一夜飙起三寸高。四月天，秧田已经一派浓密的绿意，可以拔秧插田了。

春天最快活了，水车到处稀里哗啦地响。二告说，春天来啦，发春啦，鸟儿鸟儿喜呵呵，鱼儿鱼儿钻漏窝。这是水车的野话，我们都晓得是那个意思，二告嘴里出不了几句好话。春天，万物都在发情，水车的狗整天乱哄哄，咬自己的尾巴在打转转儿。黑狗白狗麻狗黄狗，公的、婆的，屁股对屁股，笑嘻嘻，吐着长舌，人来了也不躲。板车说，狗日的，狗日的，原来就是这样日出来的。周围的妇女一听，笑倒一片。

漫长的春夜里，黑夜睁开了它黑色的眼睛。我看到细妹又回到了水车。她穿着高筒靴、黑色的短裙、黑色的丝袜。她从老仓库那边向我走来。高高的奶子在我心尖儿一颤一抖的。她走到我面前，充满惋惜地凝视着我。冬瓜，冬瓜。你喜欢我吗？我闻到了她身上越来越浓的香味，像夜风中的忍冬。那双水灵灵的眼睛目不转睛地凝视着我。我忍不住伸手去抓她。我差一点就抓住她了。醒来的时候，我的手还紧紧地拽着床沿，梦中的那道魅影正光速般离我远去。我怅然若失地望着天花板，墙角的蜘蛛网上落了一只花蝶。我木然地望着它徒劳无功挣扎着，直到天光大亮。

三娜在春天里最野，越野的鸡越不下蛋。有一次，三娜在萝卜田里扒掉了春桃的裤子，春桃是个傻女。三娜说，春桃春桃你过来，让我看看你是谁。春桃当真就走过来了。三娜一把就把人家的裤子扒掉了，春桃白花花的屁股像一盏千瓦的白炽灯亮在空荡荡的田野上。三娜哈哈大笑！春桃也跟着傻笑。

水车的男人听了就笑，笑得不亦乐乎，像春天的流水哗哗作响。水车那边的光屁股毛片多得很，美国的日本的都有。火鸡不知从哪里搞了台破电视回来，还有一台 VCD，水车的男人都一窝蜂地跑到他家那破木屋里看毛片去了，小孩儿也去，大家看得口水长流，目瞪口呆，惊讶无比。一方水土养一方人，人家国外的长得就和我们不一样。看那架势，那气质，那身板，水车男人都沉默了。

水车男人看完毛片，晚上搂着婆娘练姿势。那些日子水车婆娘一个个怨气连天，私下里抱怨，这些不要脸的家伙学电视学坏了，什么稀奇古怪的动作都做得出来，脸都羞红了。

六合彩

花妹跑来告诉我，你晓不晓得，香茅鸡娘疯了。花妹从老仓库路过，看到香茅鸡娘戴一顶破斗笠，穿一件脏兮兮的花衬衫，纽扣都快掉光了，奶子都快露出来了，坐在井沿望着她一个劲儿地傻笑，确实把她骇了一大跳。晌午时分，更多的人说起此事，议论纷纷，看来香茅鸡娘真的疯了。

我跑去老仓库，香茅鸡娘已经不在那儿了。远远听见有歌声从清江对岸传来，一个模糊的人影站在河边的苦楝树下，一边用竹竿捅着鸟窝，一边唱。忠书奶奶和长顺爷爷在一边叹息，昨天还好好的呢，突然就疯了，真是作孽呢！长顺爷爷说："是受到什么惊骇吗？像鬼上身了。"路过的孝敏听到，插了一嘴："哪是惊骇哦，买六合彩买的，把小殷辛辛苦苦在湘潭打工挣来的钱都输光了呢。"这时又听见香茅鸡娘在唱了，笑声袅袅，时而高昂，时而清越。苦楝树上的鸟巢在歌声中都完蛋了，鸟巢被香茅鸡娘接二连三捅了下来。小鸟们哀鸣着落荒而逃。它们做梦也没想到会遇上个毫不讲理的疯子。我看见香茅鸡穿着一件土黄色的 T 恤，光着脚朝他娘跑去。香茅鸡比我大一点，听说也不是一块学习的料，上学的时候三天打鱼两天晒网。

香茅鸡使劲地拽着他娘，往桥亭方向走。他还没长个儿，面黄肌瘦的，食量却奇大，顶得上一个成年人的饭量，每顿饭吃满满一海碗，还经常喊饿。他们说，这孩子八成是得了疳积，每顿吃这么多粮食，还跟猴子似的，肉都长哪里去了？香茅鸡娘这会儿不唱歌了，用竹竿子使劲地抽打着香茅鸡的屁股。香茅鸡不停地跳呀、躲呀，像只小猴子闪展腾挪，偶尔挨上一棍子，发出电打似的尖叫，看得人忍俊不禁。长顺爷爷看不过眼了，戴着斗笠，往桥亭那边相劝去了。

香茅鸡娘买六合彩发了疯，消息很快就传开了。大家都在传言，听说香茅鸡娘买六合彩，起先赢了一些钱，“起先中了好几个特码，赢了不少钱呢！”后来就陆续地输，连小殷汇回来买化肥、种子的钱都输没了，还打起了栏里仔猪的主意。那两头小猪崽还没过百斤呢。等香茅鸡放完学，发现猪栏空了。两头小猪崽卖的钱还没焐热，当天就买了六合彩。晚上，香茅鸡娘坐在长凳上，哭到大半夜。早上香茅鸡去上学，看到她还坐在门槛上，裤管撸到膝盖，手里拿着把柴刀，一边哭，一边用刀割小腿，小腿上血淋淋的，被柴刀割得七横八纵的。香茅鸡吓得哭起来，“娘，你怎么啦？”他娘冲他嘿嘿笑，笑得香茅鸡腿发软。他跑去老仓库，一头碰到长顺爷爷，还没有说话，先哭了起来。长顺爷爷说："大早上的，咋了嘛，出什么事了？"香茅鸡哭了一会儿，才把他娘疯了的消息散播出来。

小殷闻讯从湘潭匆匆赶了回来。香茅鸡娘举着一把斧头，追着小殷绕房跑了好几圈。小殷说："疯了，真疯了。你这个疯婆子，连丈夫都不认得了！"

小殷叫来光头白、高级好几个人，把香茅鸡娘捆得像只粽子，用抬猪的担架，一路抬到了水车卫生院。香茅鸡娘一路臭骂，没半刻停歇的。香茅鸡娘在卫生院住了没一个星期，夜里偷偷跑了回来。第二天清早，长顺爷爷爬起来，发现香茅鸡娘坐在他家门槛上，地上尸横遍野——长顺爷爷家一窝小鸡崽全死在香茅鸡娘手上。长顺爷爷说："造孽呢！"香茅鸡娘望着长顺爷爷一个劲儿傻笑。

二先生

一九九九年，全水车到处都是苗圃。家家户户都响应上面号召，种上了树苗。望过去，漫山遍野全是一丘一丘的树苗儿，长势喜人。周县长亲自领了几个记者来。记者背着“长枪”“短炮”，对着无边的树苗地咔嚓咔嚓一顿拍。光小车就来了好几辆。对于水车来说，这是划时代的新闻事件啊。平时闻惯了猪牛羊圈气味的水车人，突然嗅到新鲜的汽油味，一个个兴奋地跳起来，围着这些热气腾腾的铁家伙，东摸摸，西瞅瞅，直到高级急匆匆赶了过来，大手一挥，耳刮子就要凑脸上了。他朝我们大声吼道：“小畜生，滚远点，把车弄坏了，把你们家卖了也赔不起！”我们纷纷做鸟兽散，远远望着高级，心里恨得痒痒的。我气鼓鼓地走到老仓库门前，呼地一下倒立起来。高级倒过来了，不远处的变压器倒过来了，连在草丛觅食的芦花鸡都倒过来了。我得意起来，扭头一看，那些簇拥在县长身边的记者也倒过来了。我嘿嘿笑着，心里乐开了花。这时一个拿着长焦镜头的记者发现了我，突然对准我咔嚓了几下。我以为他发现了我的秘密，吓得赶紧直立起来。他笑着朝我走过来说："呵，你怎么这么厉害，能倒立这么长时间？"我小脸憋得通红，紧张得一句话也说不上来。他胸前那个硕大的镜头，像一只深不可测的眼睛，将我的内心活动捕捉得清清楚楚。

几天后，有关二先生的大幅报道上了新闻。

大概是受到周县长的启发，从那以后，二先生就有了系领带的习惯。每天西装革履的，头发上还喷着摩丝，让我们既新鲜又陌生。二先生这么一改打扮，连说话的口气都不大一样了，夹杂着一些我们很少听的词语:“统筹发展”啦、“现代化建设”啦、“脱贫致富”啦等等。我们听了新鲜,觉得二先生就是厉害,这劳模不是谁都能当的。

来我们水车的媒体记者越来越多。听说快要劳模评比了,上面准备推选二先生,要适当增加二先生的新闻曝光率。有时周县长陪着来,有时媒体自己来。周县长来,细妹也就来了。这时细妹已是周县长家的小保姆。细妹坐着周县长的车,顺便回家看看。我们看见细妹在周县长面前一点儿也不像是他家的小保姆,两人偶尔还说说笑笑的,倒像是他的闺女。水车的人就说,细妹的八字生得好,跟着周县长,风吹不着雨淋不着,成白天鹅了。

媒体越来越多,有时一周来几拨人,连隔壁市县的都过来,说过来学习先进典型。他们一来,笼子里的鸡鸭鹅就紧张,每次都要鸡飞狗跳一番。它们一定感受到了陌生人的气息。连猪都晓得,陌生人来了，准没它好事，在槽里嗷嗷叫。新鲜的鸡鸭鹅吃得差不多腻了，他们指了指火塘上熏得金黄透亮的腊肉，说这是个好东西，正儿八经的柴火腊肉，慢慢熏出来的腊肉吃起来就是香，一点烟火味都没有。尤其是忠书奶奶做的腊肉，简直是水车的一张名片。

以往我们这儿，只有年底宰猪才熏腊肉的，一年就熏那么一回。现在不同了，二先生成名人了，来我们水车的人也越来越多，说是要向二先生学习、取经。来的都是客，重要的客人不仅要留下吃饭，还要送点本地的土特产，腊肉、板鸭、白干辣椒、薯片、松鸡、麂子肉等。不仅忙坏了二先生，忙坏了水车人，高级更是忙得双脚不沾地。他负责去搞这些东西。连平时大家都不愿搭理的火鸡，也拉过来帮忙了。

“成败在此一举！”全水车上下都齐心协力，无论如何也不能让二先生丢了这顶劳模的帽子。这不仅事关二先生的荣誉，也关涉全水车人民的利益。试想，要是这旮旯里真的出了一个全国劳模，那还得了？这旮旯一出名，可就不是现在的这个模样了！大家都憧憬着，盼望着，激动不安地一天天等着消息的到来。

暮春季节，连省城的媒体都来了。起先报道的是二先生率领乡亲们种了三千多亩树苗，成功脱贫致富。

二先生被无数次放大，最后连省城的电视台都下来了，还邀请二先生去省城上了次节目。我们看到二先生操着蹩脚的普通话，面对着美女主持人，紧张得语无伦次、结结巴巴，我们坐在春华家的电视机前都为他捏了把汗。

二先生被评为劳模的那一天，水车过节似的，大家欢天喜地，连枫树、洪庄的都眼红起来，说没想到屁大的水车，还出人了！晚上七点整，大家都坐在电视机前看《新闻联播》，睁大着眼，从密密麻麻的人头中找二先生的影子。很遗憾，镜头就给了短短一秒钟，孙悟空的火眼金睛也难捕捉到。但那个时候，这些都已经不重要了。这是多么荣耀的时刻！不光二先生沾了光，我们水车所有父老乡亲都跟着脸上有了光，长了脸。

二先生回来的那天，大家都夹道欢迎。他系着红色的领带，头发梳得一丝不苟，满面春风地从小车里钻出来，向大家挥手致意，和春华、高级一一握手，又掏出站在天安门广场的照片。那张照片经过很多双手，最后回到二先生手上时，已经变得皱巴巴，满是黑乎乎的手印了。二先生没有生气，索性将照片送给了光头白，说给他留个纪念。二先生沉浸在眩晕中，整个水车沉浸在喜悦中。

吹笛人

黄昏时我路过桥亭，一阵悠长的笛声从水面飘了过来。不用猜，准是罗中谭家的小儿子老四在吹笛子。在我们水车，只有出殡才有人敲锣打鼓吹唢呐。他们都说老四笛子吹得好，会乐曲，也不晓得跟谁学的。老四是水车的小木匠，高考复读了三届，每次都差一两分。这一两分看上去还蛮容易的，听说不过是一道选择题的事儿，但越是容易的事儿，就越难实现。复读到第三届，老四没死心，他爹死了心。他爹说："供你读到八十岁，恐怕也读不出个名堂来。"索性打发他去学了个木匠活儿。老四不吱声，也没反对。他爹让他去枫树跟张木匠学木工，他二话没说，真就去了。听说做事还很卖力，从不偷懒，也不抽烟喝酒，不赌博，不买码，空闲的时候爱捧着本书看，看得入了定，外边打雷下雨都听不见。怪惹张木匠心疼的。张木匠说："我和你老爹说说，让他再供你复读一届试试？"老四摇摇头，自己放弃了。老四今年二十五岁了，还没谈对象，忠书奶奶和金花、三娜都抢着给他做媒，说水车这么多年，真是难得看到这么文静的伢子。

给老四介绍的对象加起来一双手数不过来，他从没主动联系过，后来都不了了之。换我们水车话说，这叫船上不急岸上急，没用。老四嘴唇上长着一圈胡须，野草般茂盛，也没见他刮过。

每次听老四吹笛，我就想父母。我不知道他吹的是什么曲儿，听着怪凄凉的，好几次听得我有点想掉泪。我望着高高的扯旗寨，一道镶着金边的晚霞像顶帽子戴在扯旗寨尖尖的山头，万丈霞光正在倾泻。那个时候，我就特别渴望远方，我想看看扯旗寨后边是什么。有时也想起那天火鸡让我叫爸爸的陌生男人。我至今还记得他惊愕和忍俊不禁的样子。我想真正的爸爸一定不是这样子的。

我在老仓库门前看见老四了，他正在整理一只木箱子，里面装满了他干木匠活儿的家伙，刨子、木锉、凿子、锤子、锯子、墨斗、角尺、牵钻、斧子等等。他去给长顺爷爷做千年屋。长顺爷爷七十岁了，通常到这个年龄，都会准备寿材了。长顺爷爷说："有了千年屋，明天死也不发愁啦！"老四俯身推着刨子，一个个漂亮的刨花从刨口吐出来，空气中散发着一股淡淡的木料香味儿。老四说："再过三十年，您都用不到千年屋！"长顺爷爷说："再活三十年，我都一百岁啦！我才不活一百岁呢，活七十岁我都嫌多了！"

有一年冬天，长顺爷爷咳得厉害，背都咳弯了，走路像拉风箱那样呼喘着。长顺爷爷拄着拐杖，走到忠书奶奶家门口，对忠书奶奶说：“……咳咳……我恐怕活不过这个冬天啦！阎王老爷孤单，要找我聊天呢。”忠书奶奶说：“您莫乱讲，阎王老爷晓得您闲不住，您这一走，犁啊耙啊锄头斧子都没人晓得在哪个角落里，阎王爷找谁也不会找您呢！”说着，转身去鸡埘摸出四个鸡蛋，温热的，塞进了长顺爷爷兜里。忠书奶奶说：“刚下的呢，放火坑里煨了，补补身子。”长顺爷爷说：“浪费呢！”忠书奶奶说：“乱讲什么，阎王爷要收人，也是先收我嘛！”

长顺爷爷驼着背，一路咳着走了。到了春天，天气暖和起来，长顺爷爷又扛起锄头开始下田了。忠书奶奶说，长顺爷爷上辈子肯定是牛变的，只有牛才这么有干劲。

老四对我的身世比较感兴趣，每次见到都会问：“你爸妈有没有过来看过你？”我摇摇头，觉得老四有些讨嫌，这人怎么老爱说这个呢？别人即便问，也是开玩笑的，从不当真，唯有老四，一本正经，好像很关心我的样子。老四说："你想不想你爸妈？"我犹豫了很久，点了点头。老四说："从没见过这样的父母，还教书呢，书都念到屁眼儿去了。"

有一天，老四突然对我说："我晓得你爸妈在哪儿，想不想我带你去找他们？"他久久凝视着我，很严肃的样子。我被他的样子吓住了，觉得有些不妙，拔腿就跑。老四一把揪住我，说："蠢冬瓜，我没有骗你呢，我上回去给他们学校做木工活儿，和你爸还打了照面呢。你们的眼睛、鼻子简直一模一样，一副蠢相，真不晓得你爸是怎么当上老师的。我上台讲，他未必讲得过我。"

我头回发觉老四眼里显露出来的傲气，那神情，好像一点也不把别人放在眼里。他还装模作样抽了一根烟，呛得眼泪都流出来了。他说："冬瓜，我不骗你，我真的带你去找你老子。"我说，什么时候去？他想了想说，等清明节。

清明节大家都要回来挂青祭祖。他说等你爸回来挂青，你就抱着大腿不让他走，除非他把你也带回去。“回县城吗？”我说。“你难道不想回县城吗？那里有好吃好玩的，五花八门的什么都有。”他说。我眼前顿时浮现火鸡让我叫的那个陌生男人。他笑嘻嘻地望着我。我一想起那个笑容，心里就莫名难受。我也说不上来什么原因。我望了他一眼，说：“我喜欢水车，我就待在水车，哪儿也不去。”

细妹

这年春天出乎意料地干燥。大家都已记不清有多久没下过一场雨了。从年初开始就没见老天爷变过脸。起先也不着急,以为忍一忍,雨水自会来。等地里干出裂纹,连鸟叫声都嘶哑了,大家才着急起来。抬头看天,天空蔚蓝无物,倒像是夏天提前到了。最先遭殃的是树苗,许久没有一滴雨,树苗恹恹的,无精打采,有的已经焦黄。二先生比谁都急。再这样干旱下去,放把火就能点燃了。他去找周县长,周县长去市里开会了,没找着人。打电话,说忙过这阵会亲自下来。

细妹倒自己回来了一趟,比之前丰腴了些。由镇长亲自陪着,坐吉普车回来的。那天阳光耀眼,黄灿灿的油菜花映衬着蔚蓝的天空，让人睁不开眼。细妹这回罕见地没穿高跟鞋，也不施粉黛，穿着一身宽松的白色休闲运动装，戴着蛤蟆镜，看上去倒更清新动人了。她径直往家里去，说是最近周县长要出差，给她放了个长假，正好想家了，索性回来多陪陪父母。大家都夸她孝顺、懂事。我看到她右手戴着一只玉镯，左手腕上什么也没有戴。那只空手像是在等着我去做点什么。想到这个，我顿时激动起来。我在田垄上倒立起来，在树苗地里快活地走着。看麦娘的草尖撩拨着我的下巴和鼻尖，痒痒的，我的心也跟着痒痒儿。我将藏在墙里那只破袜子里的钱掏出来数了数，有二百七十五元。这笔钱让我心安理得地高兴了一晌午。

赶场那天，我兴冲冲地来到卖钟表的地摊上，上面什么表都有，机械的、电子的、石英的，摆了一排。我左挑右选，看花了眼，一下子不知选哪款好。

卖表的是个四十岁左右的女人，一边嗑瓜子，一边笑嘻嘻地望着我。“你给谁买呢？”她终于忍不住问道。我假装没听见。“这款很漂亮啊，你戴的话。”“我不戴。”我说。“送人哪，啧啧，送谁呀？”她也蹲下来，饶有趣味地望着我。我有些不好意思起来，脸烧得厉害，慌忙中挑了一款金光闪闪的女士表。“原来是送女朋友呀。”我瞧她都快笑出眼泪来了。“瑞士机芯，进口货呢！”她一个劲儿地夸我有眼光，这款表卖得最好，保证她喜欢！那是一款小巧的机械女士表，表链上镀了层金，看起来就像黄金一样，上面写着几个英文字母。我问多少钱，她报了一百五十元。我说：“能不能少点？”她吐了瓜子壳，拍了拍手，说：“送女朋友的，不下点血本，人家怎么相信你的诚心？”我软磨硬泡半天，她终于一脸痛苦的样子说：“一百元吧，亏本卖给你。”

我将表握在手中，兴高采烈地回去了。表凉凉的，小巧玲珑，我想细妹一定很喜欢吧。细妹戴上这块表，白嫩嫩的小手就更加显得娇嫩啦！

细妹回来后一直深居简出，很少出来走动。这么说吧，自从她回到家，就再没见过她的影子。好奇心重的人找细妹娘闲聊，问起细妹近况，她娘说细妹最近身体不大舒服，需静心调理和休息一段时间。我倒常常看见细妹。只要闭上眼，她就来了。她穿过老仓库，穿过桥亭，穿过田野，穿过河边的桑树林，朝我走过来。有时她穿越云团，或墙上的斑点，从天而降。我让她穿什么就穿什么，短裙啊、健美裤啊、洁白的休闲裤啊。更多的时候我希望她什么也不穿，光光的。她什么也不穿的时候，我绞尽脑汁，想她什么也不穿是什么样子。我焦急得满头大汗，脑海一片空白。我宁愿她是穿好衣服来的。可这种念头很快被其他邪念压下去。那对一颠一颠的奶子让我面红耳热、口干舌燥，我的意识也随之跟着模糊起来。再睁开眼的时候，我感到无比羞赧。我想，整个水车也没有谁比得上我对她的喜欢。我要亲手将手表戴在她的左手腕上。我还要学电视上的绅士，吻一吻她的手。

但，快一个月了，细妹像没回来过似的，连个影儿也没看到。我无数次假装从她家门口路过，往院子里窥探，哪有细妹的影子？我忍不住向她母亲打听，结果被奚落了一顿，你这个小瘸子，就你屁事多，成天问这问那，哪这么多问题！我只好恹恹走远。

我有一种预感，细妹就在里面。她在躲我，在考验我。我备受煎熬地忍耐着。我要等，等她出现。我相信只要她踏出家门，我肯定是第一个发现的人。我时刻不忘盯着她家的大门看。

我没有等到细妹的身影出现，却等来了水莲的死讯。水莲是怎么死的?据说是喝药酒死的。高级泡的一坛子药酒，还剩大半坛，都给水莲喝光了。水莲和高级吵架，呼的一声把发廊的卷帘门拉了下来，仰起脖子咕噜咕噜地喝，喝了个天昏地暗，一边喝，一边哭，大骂高级是个没良心的。高级花她的钱，晚上还动不动就往死里打她，她气疯了。更让她气愤的是，高级还在县城找了一个年轻的女生。两人出入成双成对，没有把水莲放眼里。水莲气疯了，说："高级，我就死给你看！我死了以后，你只能去当乞丐！"高级不搭理，出门打麻将，说你爱怎么闹就怎么闹。等他打了一通宵的麻将回来，水莲已经不行了。一屋子酒气，水莲躺在地上，气息奄奄，抬去医院抢救了一晚，医生说是酒精中毒，已经不行了。

高级租了台小四轮，把尸体从县城运回水车安葬。小崽子们齐刷刷地哭，声音嘹亮，每张脸蛋上都挂着泪珠，哭得水车的女人也眼泪汪汪。水莲死了，这几个孩子都成草了。

人人都晓得水莲在棉花街的事儿，但是水莲就是水莲，出淤泥而不染，仿佛和棉花街扯不到一块儿来。更没谁把她和米花比。米花哪能和水莲比呢？给她提鞋都不配。水莲给高级连生两对双胞胎，光这一件事，就足以让水车人为她竖起大拇指。很多人拿来当笑话呛二叔："你这个欺软怕硬的怂货，高级生那么多，你怎么就不管了！"水莲在水车口碑为什么这么好，很大程度上归功于这个。两对双胞胎呱呱坠地，后面紧跟着又添了一个带把儿的，五个指头才数得过来。围桌吃饭，五个小猴子在饭桌上攀上攀下，好不热闹。计生组的来了，目瞪口呆，都不知道该如何开口。水车人暗地里看把戏，恨不得拍手叫好。

出殡的队伍拉得很长，从仓库门口出发，陆续有人加入送葬的人群中。我看到红毛来了，孝敏来了，三娜来了，连香茅鸡的疯娘都来了……似乎全水车的人都出来了。二先生穿着西装打着领带拖着长调念祭文，在人群中格外引人注目。我站在旁边的田埂上，望着长长的队伍从眼前走过。我一个一个地清点着人数，落在最后的冬儿、曲儿也走了，依然没看到细妹的身影。

我躺在三娜家被太阳晒得奄奄一息的田中，嘴里叼着紫色的花茎，仰望着碧空如洗的蓝天，胡思乱想着。想起狠心的爸妈，我都不晓得他们长什么样子。我躺在空旷的田野上，头回感到孤独。那种感觉像海水包围着孤岛。太阳藏在厚厚的云团里，眼看就要刺破云层，显露出它巨大的威力。骄阳似火，已经炙烤大地两三个月了。我狠狠地瞪着它，直到眼睛流出泪水。

出殡的人群渐渐走远了，留下一路唢呐和鞭炮声。起先还能听见几声响铳，每响一声，就冒出一个青色的烟圈，袅袅上升，越飘越大，像鬼魂一样。我猜水莲的墓地选在寨下那边。寨下那边专埋暴死的、短命的,白天没人敢去。

我在田里打着滚,像狗一样滚来滚去,将三娜家的绿肥滚得乱七八糟。我还没发泄够,腾地倒立起来,想象自己是稻草人,远远地守望着老樟树底下的细妹的家。我听见越来越强烈的心跳声,它像要从我嘴里蹦跶出来。我心里突然涌出一个强烈的冲动。想到这个,我再也坚持不住,赶紧恢复直立。我决定上细妹家看看。

我特意绕开了大路,走了后门。她也许真的不在这儿。一路上好几次我想取消这个冒险的决定。也许老天想成全我,连细妹家那只忠心耿耿的老黄狗也跑去看葬礼了。我几乎没有遇到任何阻拦,轻松地穿过了细妹家的藩篱。钻过牛栏,细妹家的两头黄牛正在反刍,牛尾巴漫不经心地驱赶着牛蝇,用充满无辜的牛眼望着我推开那扇通往院子的小门。

看到我的时候，细妹正从院子里的竹椅上起身，去拿旁边的随身听。她差点尖叫起来。我突然的造访，她显然没有做好准备。看到只有我一人时，她才平静下来，又换回了那张好看的脸。

“冬瓜，你咋跑这儿来了？”

我被她凸起的肚子吸引住了，一时没顾上她的问话。她下意识地抓起旁边的外套披在肩上，可依然没能挡住她那个原形毕露的肚子。

“你怀孕了啊！”我说。她又恼又气，给了我一个白眼说：“你这傻子，瞎眼了吗？”

可她站起身的时候，很快就证明我没有说瞎话了。她小心翼翼地捧着大肚子，脸上有些难为情起来。“冬瓜，你是个好孩子。你不会出去乱说的，对吧？”她对我笑了笑，我赶紧受宠若惊地点了点头。

“我谁也不说！”我急忙做出发誓的样子，她咯咯笑起来。“冬瓜我最喜欢你了，我知道你不会说的。”她随手抓了把糖，塞在我手心里。她那白皙修长的指头缩回去的时候，我浑身像通了电，忍不住战栗了一下。我意识到身上肩负的责任重大，我一定要守护这个秘密。

细妹说：“好久没出门啦，整天待在家，无聊死啦，身上都要发霉了。”问我油菜花是不是已经谢了。

“你喜欢油菜花？”我说。“当然啦！”她点了点头说。我没再说话，飞快地从牛栏钻了出去，跑到忠书奶奶的菜地里，折了一大把油菜花回来。细妹惊讶地接过花，使劲嗅了嗅，很痴迷的样子。我傻呵呵地笑着，情不自禁地在院子里倒立起来。我看到一个正陶醉于花香的人影，正和我以一种奇怪的角度对视着。“冬瓜，你还在玩倒立啊？”她蹲下来，扭着脑袋和我对视着。“冬瓜,你为啥喜欢倒立啊?”她说。“卫星看不到我!”她听了仰头看了看蓝天,咯咯地笑起来。她笑的样子太美了,比兔子精美一百倍一千倍一万倍!我倒立得更加卖力了。我像只小猴子似的,在她家院子里转来转去,变换着各种姿势,惹得她开怀大笑。她说她好久没笑过了,今天真开心。这么说的时候,我顿时面红耳赤,心中的使命感更加强烈起来。那天我在她面前不仅倒立,还模仿了杜鹃的叫声、黄牛的长哞和三娜骂街时的腔调。她的笑声在院子的各个角落飘荡。我甚至自告奋勇,冒着摔下去的危险,去山上摘了些山莓回来。她吃得很香,一个劲儿夸我,直到我无意间又看到了那个圆鼓鼓的大肚子。

“你还没结婚啊,这孩子是谁的?”

我的话音刚落,她的脸色就变了。我意识到犯了个巨大的错误。我等待那张阴云密布的脸酝酿出电闪雷鸣，但是我的上空出奇的平静。我鼓起勇气仰起头来，看到她的泪水扑簌直下，那迷人的笑容被我毁了。我想坏事了，我真是个傻子啊，把好端端的事情弄砸了。她目光涣散，像陷入了痛苦的沉思。我坐立不安地站在那里，等待她的惩罚。然而奇怪的是，她的目光一瞬间又变得柔软起来，将目光往我身上聚集起来，望着我说："冬瓜，天下真是没一个好男人啊。"

怎么就没有呢！我心里反驳，我就是一个嘛。除了高级、火鸡、二先生，剩下的都还不错嘛。我正想说什么，她接着说："他升官了嘛，就不想要我了，就想撒手不管。他可是想得美，我偏要把这种给生下来。到时抱到他办公室去，看他这辈子养不养我！不管他怎样反对，无论如何我也一定要生下来。"

"到底是谁的孩子呢？"话一出口，我又意识到问错了。她没有再说话，又哭了起来，抬起手揩眼泪。她的手腕上空无一物。我才想起表。这么重要的事,我竟然忘了呢!我心想,他连块表都舍不得给她买。在水车,哪个男人疼女人,就去给她买块表戴戴。可想而知,他不爱她。我越想越生气,大声说:“他要不许,我就宰了他!”这句话终于又让细妹笑了起来。

直到送葬的队伍回来,我才依依不舍地离开。她目送我钻出牛栏,还朝我挥了挥手。那天我心情出奇地好,倒立着一路小跑,比孙悟空大闹天宫还开心。

干旱的季节

一大早就听见光头白在喊皇天，跳着脚指着湛蓝的天空破口大骂："日你先人哟，一滴雨都不肯下！"从过年到现在，老天像铁了心，一直不开眼。红毛坐在老仓库门槛上打着哈哈，说天要下雨，娘要嫁人，由他去吧。光头白转头给了他一个大白眼。不仅是光头白着急，全水车的人都在火烧眉毛。连日的干旱，土地龟裂成一块块干泥块，缝隙大得插得进手指头。正午的时候，一丝风也没有，被太阳炙烤得奄奄一息的树苗嗓子都冒烟了。我仿佛能听见它们嘶哑的哀号声。连水车的狗都渴得受不了了，以前它们渴了就喝池塘里的水，或溪水，现在全都干涸了，它们只能啃泥浆，渴得双眼冒光。春华说："不光是我们水车缺水哩，好几个省份都缺。”我们不相信他的鬼话了。即使好几个省份缺水，水车也是缺水最厉害的一个。上个星期，连村口那株有好几百年树龄的老槐树也枯死掉了。老槐树的死像一个不祥的征兆，大家都沉默了。大家央求疯和尚去扯旗寨的庵堂求了两回水，老天每回都收下了水车人全体的心意，香纸、蜡烛和猪头，晴空万里地打发疯和尚回来了。全水车的人急得嗓子冒烟，一个个直跺脚，照这么下去，树苗就要变成柴了。喊天天不应，喊地地不灵，只能每天围着二先生，让他拿主意，想办法。二先生也没办法。二先生说："老天不下雨，我能怎么办？"水车人急了，说当时是你要我们种树苗的，现在你倒评上劳模了，连茅台酒都喝过了，和大领导合影也拍了，呵呵，风光过了，就不想理这个烂摊子了？群情愤慨。二先生说："好好好，大家一起冷静冷静，我马上就去找县长！"

二先生那天清晨坐着高级的摩托车，带着我们全村人的希望出了水车。要是顺利，第二天就能回来。果然，二先生第二天中午就回来了。他的脸色有些不好看。他望了望我们，抿了抿嘴角，想说什么，话到嘴边又给吞下去了。

“周市长怎么说？”大家忍不住问。

二先生擦了擦汗，尴尬地回避着一道道炙热的目光。

“我没有见到他……”

人群响起一片错愕和惊讶。

“那你干吗去了？连个人影都没见着好意思跑回家？”

“周市长……他……不见了！”听说不光是二先生在找他，各路人马都在找他，要找他的人排成了长龙。有的人找了大半个月了，连周市长的影子都没找着。谁也不晓得周市长去哪儿了，他成了一个谜。有的人说他贪污了一大笔钱，悄悄潜逃了。有的人说他被纪委“双规”了。也有人说他可能已经被仇人杀了，找到尸体是迟早的事。

周市长到底去哪儿了呢？二先生哭丧着脸，不像是装的。劳模是虚的，树苗卖出去才是实的。以前由县长牵头买树苗的企业，现在人影儿都不见一个。再加上这场持久的旱灾，树苗被晒得恹恹的，都能点得着火了，即便有人来收购，见了这样子八成也要打退堂鼓。

周市长到底去哪儿了，我不感兴趣。我只关心细妹。我脑海里全是她的影子。夜里闭上眼，她就越过黑暗，穿过窗台，悄悄来到我身前。我能闻到她身上那好闻的味道，比油菜花还清香。我紧张得直发抖。她说，冬瓜，你不是喜欢我吗？我点点头。你喜欢就跟我走吧。我就跟过去了。她说你倒立吧，不让卫星看到我们的秘密。我就倒立着。醒来的时候，我依旧回味着这句话,好像真的一样。我盯着细妹家看。看她家的炊烟升起。看她爹赶着水牛出了门。看她娘背着篮子去拔草。那把铁将军镇守的大门让我感到莫名愉悦。

我从牛栏里钻进来，细妹像早在等我来似的，正坐在院子里。我看到她正在用手帕擦拭脸颊,眼睛红红的,像刚哭过。“你怎么啦?”我说。她抽了抽鼻子,说:“冬瓜来啦。”我捏了捏裤兜里的手表,有些发烫,犹豫着该不该拿出来。她说:“冬瓜……这下我可怎么办啊……我真是傻瓜啊！”她的喉咙里好像塞了东西,嘤嘤地哭了起来。

我一下不知道该怎么安慰她。我局促不安地望着她,手脚仿佛是多余的,没地方搁置。她揉了揉眼睛,眼泪又下来了。阳光照在她的脸上,照在她举起来的那只手上。那真是只仙女般的手,水车几百年也找不出这样漂亮的手。就在她揩拭眼泪的刹那,露出一截手腕，我看见她手腕上戴着一只表。千真万确，的确是一只表，在阳光下熠熠生辉。我大脑一片空白，下意识地眨了眨眼。这怎么可能？我紧紧地抓着裤兜里的表，像握着一只烫手山芋。她还没有察觉我惊愕的表情，还在说着什么。我啥也没听进去。我犹豫着要不要掏出手表。这时她蹲下来，望着我。从她黑亮的瞳仁中，我看到了我自惭形秽的影子。我赶紧别过头，望着旁边的苦楝树。她说："冬瓜，你怎么啦？"她的声音很轻，很柔，听起来那么舒服，"冬瓜，你能帮我一个忙吗？"我的心里猛然一颤。我转过头，和她的目光汇集在一起，涨红着脸说："你要我帮什么忙？"她没有急于说什么，而是长久地凝视着我，像是在考验我的忠诚度。

"到时再告诉你吧。"她说。

只要她开心，让我做什么都愿意。哪怕让我去死，我也乐意的。她的心情看上去好了很多，还哼起了小曲。我于是将手表掏了出来,递给她。她错愕地望了我一眼,拿了表看了几眼,问我:“冬瓜,你这表哪儿买的啊?”我挠了挠头,如实相告,说赶集的时候,在摊子上买的。她又问:“花了多少钱?”我说:“一百元呢。”我本还想把还价的事告诉她。“你是送给我的吗?”她说。“当然啦!”我激动地说道。

我听见了她的笑声。她笑得有些放肆,牙床都露出来了。她笑得上气不接下气,好长时间才停住。她说谢谢冬瓜,姐姐有表啦!她亮出那只亮晶晶的表,解开蝴蝶扣,脱了下来。尽管我不懂表,但得承认,这只表比我那只要沉得多,精美得多,拿在手上还放光,不知表盘镶着的那些亮晶晶的颗粒是些什么。“这表贵吗?”我说。“你猜。”她饶有趣味地望着我。她看起来精神焕发,显然这一幕让她将一切不快置于脑后了。“好几百元吧!”我尽量拉开和我的表的距离,说了一个让我吃惊的数目。“几百元?”

她不屑地哼了声，“百分之百瑞士货呢，还是限量版的，好几万元！”我被她说的数字吓呆了。一只手表就几万元！她说：“比这还贵的都有呢！”

她将我的表试戴了一下，抬起手腕，问我：“漂亮吗？”我说：“漂亮的。”她抬着手腕原地转了一圈儿，将表解了下来，笑着说：“冬瓜，你看姐姐有表了，还不止这一只呢。这只表……你就留着自己戴好了。”我还想说点什么，但老老实实听了她的话。她亲自将表给我戴上。我的手上突然多了一物，浑身不自在起来。她拍了拍我的头，眼神突然温柔起来。她说：“冬瓜，只有你对姐姐是实实在在的好。这个世上好多坏人呢，这些臭男人，他们都想着在我身上占点便宜。当然我也不是吃素的，也想从他们身上捞些回来。我想给他生一儿半女，给自己留条退路，可没想到他……失踪了，谁晓得这王八蛋去哪儿啦。他牌瘾那么大，一晚上输个几千上万眼睛都不眨一下，都是些不干不净的钱。早晓得这样，他给我钱也不给他生！我爹娘也是一辈子没见过几个钱的，就想着我多捞些回来。现在倒好，我把自己也赔进去了。那时他们让我躲在家里也要生下这孽种，现在又逼着我去引产……冬瓜，这世上真没几个好人呵，人走茶凉，我算看穿了啊！冬瓜，我现在该怎么办啊？现在只有你是值得信任的，你说我到底怎么办啊？”

我怔怔地听着她唠叨，说到最后，她又嘤嘤地哭了起来。看她伤心的样子，我一时不知道怎么办好。她一哭，我就焦躁不安。我在她家院子里倒立着，飞快地绕圈圈。起先她纳闷地望着我，直到我再也玩不出什么新鲜花样了。她说别在她眼前晃了，命令我赶紧走。我几乎连滚带爬，从她眼前迅速消失。我很难过。她说那么多，我脑袋装不下，心乱如麻。我不知道她为什么要将事情弄得这么复杂。

几天后，我就明白她痛苦的滋味了。树苗无人来收购，旱灾依旧在继续，水车人不干了，将所有的怒火都撒向二先生和周市长。周市长活不见人死不见尸，流言纷纷传他出事了。他的失踪比这场旱灾还严重，连省里都惊动了。没人再关心这些树苗，水车人只能拿二先生出气。二先生索性当了缩头乌龟。那阵子他和高级家都不回，天天在外面躲着。水车人找不到二先生，气得都要发狂了，就拿细妹出气。水车人说起细妹，气就不打一处来。丢人现眼的东西！我竟然听见好几个人在骂细妹，说她是个不要脸的，表面是周市长家的保姆，背后却干着见不得人的勾当。什么难听的话都说出来了。

他们以前可不是这样子的，细妹每次回来，他们都赔上笑脸，把细妹夸上天去了。现在他们竟然打起了细妹肚子的主意，让她赶紧引产。起先细妹也答应说要拿掉，我才不要这个包袱呢！但也只是说说，没见她行动。她找二叔帮忙，求他开个证明。二叔说："不能生下来。"我站在一旁，二叔的话一字不漏地进了我的耳。我咬着腮帮子，呼地倒立起来。我勾着下巴，恶狠狠地瞅着二叔。我倒立的时候，谁也看不到我的脸色。我听见细妹几乎在哀求他了，带着哭腔。二叔说："没办法啦，这又不是我规定的不要你生；再说，你一个黄花大闺女，不明不白地生下来一个野种，以后还想不想嫁人啊！"细妹听了这话，终于不再哀求了，眼泪扑簌簌地往下落，回了家。一连几天，我没看到细妹的影子。她的父母将她看守得牢牢的，连引产的日期也选好了。好几次，我忍不住想过去看看她，走到她家门前又犹豫了。有天我终于在路上碰见她了，她笑嘻嘻的，坐在"慢慢游"上，嗑着瓜子，好像什么事都没发生。我以为她会需要我的帮助。即使让我死，我也会答应她的。可她什么也没说。

细妹是在夜里走的。

没人晓得她跑去哪儿了。

二叔在磨刀。我真想给他背后来一下子。他为什么不肯帮这个忙？我想他要是答应了，细妹兴许就不会走了。她走的时候连父母都没说。她像一道影子，彻底消失在水车的夜空。我心里空落落的，一连好几天都往细妹家的方向张望，祈盼奇迹降临。

干旱依然持续着，连树上的鸟叫声都弱了下去。叫那么多天没水喝，鸟都渴死了。二叔和我抬着抽水机，将它放在已经快见底的井边，想给那些濒临枯死的树苗浇点水。他们都这么干过。可浇下的水，没一会儿工夫就被太阳收回去了。干透了的土地露出一道道纵横交错的伤口，像一张张欲壑难填的嘴，浇再多的水也难以满足。井水见底的时候，庄稼、树苗和荒草都能点燃。清江也断流了，露出了河床。我不关心这些，我只关心细妹的下落。她的出走让我心神不宁，吃不下饭，睡不着觉。我常常将愤怒集中于双掌，腾地倒立起来，将涌上心头的怒火又倒转下去。我看到红毛正坐在老仓库前将捡来的烟蒂一一剥掉，收集着里面可怜的一丁点儿烟丝，卷成一支大喇叭，抽一上午。后来红毛也消失了。我躺在树荫下，玩弄着蚂蚁。它们挑起我心中的怒气，引来一场屠杀。我看到二叔撅着那个干瘦的屁股半蹲在井边，正往井里瞅下面的水位。那真是一个欠踹的屁股。撅在那儿老半天，一动不动，像在等着人去踹他。

他咕咚一声，像只冬瓜，一头栽了下去。

我想细妹总有一天会回来的。这儿是她的家。我每天伸着脖子等啊等，一直等到五月份，也没等到她的身影。五月份，干旱了整整八十天的水车突然迎来了倾盆大雨。雨大得无边无际，洪水滔天，老天誓将积攒了八十天的怒火，要在这一天里发泄完毕。电闪雷鸣,大地震撼,整个水车成了一片汪洋大泽。大水将枯死的树苗连根拔起,冲得东倒西歪,到处漂浮着树苗。

这场大雨下了三天三夜才停歇，醒来天已放晴。四周安静极了,我望着梁,梁上有个燕子窝,燕子早就飞走了。我倒立起来,眼睛透过梁,透过瓦,透过天上的二叔,五月的天空碧蓝如洗,一朵云彩也没有,只有单调的蓝色。